倒れるときは前のめり

JN229285

有川ひろ

角川文庫
21797

目次

■書くこと、読むこと、生きること

■この本大好き！

■映画も黙っちゃいられない

■いとしい人、場所、ものごと

■ふるさと高知

■特別収録小説

＊初出一覧は巻末に記載しています。
＊本文中の「振り返って一言」は、単行本刊行時の書き下ろしです。

書くこと、読むこと、生きること

十代のころ影響を受けた世界へ

物心ついたころから、こちゃこちゃとお話のようなものを書いている子供でした。最初はそれこそ、白雪姫の名前だけ変えたような真似っこ話みたいなものでしたけど。

中高生のころに、多分、最初の「ライトノベルブーム」と呼ぶべき時期に当たっています。ライトノベルというジャンルに触れた初期世代と言えるでしょうか。

SF、ファンタジー、何でもありあり。漫画みたいにキャラ立ち重視で読みやすい。そういうキャッチー（？）な小説は当時の青少年には相当新鮮で、みんな夢中になっていました。私ももちろんその一人です。書くものも自然とそれ風のものが増えました。

就職してからは書くペースもぱたっと落ちて、たまに書き上がったものを投稿しても箸にも棒にもかからなかったり。いっちょまえに方向性に迷ってみたり。落ち込んで書くことから遠ざかってみたり。

それでも最後にこうしてライトノベルで賞を戴《いただ》けたのは、やっぱりあの懐かしくて恥ずかしい十代の日に受けた影響を、ずっと引きずっていたからだと思います。

大人になってもライトノベルが好きな人は実はたくさんいます。私の友達なんか大概そうで、中高生に混じって肩身の狭い思いをしながらライトノベルを買っている三十代がいっぱいいます。「今日は買いにくかった」と言いながら、やっぱりみんな買うんです。

だから、十数年前にライトノベルというジャンルが当時の子供たちに与えた影響は、実に実に大きいのでしょう。夢中になったあの日を今でも追いかけてしまうほどに。影響を受けたあの日の子供として、今こういう機会を戴けて、これからどこまで行けるだろうか。どこまで行けるか分からないけど、行けるところまで頑張ろう。今思うのはそれだけです。倒れるときは前のめり。やるだけやるしかありません。

あの日、憧れた世界へせっかく来ることができたんですから。

（２００３年12月）

【振り返って一言】「倒れるときは前のめり」この本のタイトルになった言葉です。坂本龍馬が好んで引用していた言葉だという説もありますが、実際のところは司馬遼太郎の創作という説もあるそうで。

サイン色紙に何か言葉を添えてほしいと頼まれると、大体これを書きます。いつからこれ書くようになったんだっけなぁ、と思っていましたが、デビュー当時から既にエッセイで書いてたんですね。三つ子の魂百まで、という言葉を思い出しました。

どこの不審者だおまえ！

と言われんばかりの名乗りを電話でやらかしたことがあります。陸自の広報に初めて問い合わせをしたときのことです。

「すみません、私自衛隊に興味がある○○在住の一般市民で決して怪しい者ではないのですが」

何だそのやみくもな不自然さは。社会人としてもう少しマシな口上はなかったのか。

というわけで春先に小説の下調べで防衛庁に問い合わせすることが多かった有川です。四国沖の演習空域と高知県がどれくらい離れてるか、航空幕僚監部広報室に航空路図を定規で測らせた人は私が初めてらしいです。そんな初めてもどうなんだ。

ところで私が質問すると広報さんの第一声が必ず「は⁉」および「へっ⁉」だったのは何故でしょうか。①質問がよほど頓狂だった。②素人丸出しにも程がある質問だった。たぶん両方ピンポン。い、いつか「は⁉」とか「へっ⁉」とか言われない立派な質問をしてやるー！

そう言えば、デビュー直後も改稿の関係で急ぎの質問があっていきなりとある基地に電話をかけたりしました。そのときは防衛庁の電話番号知らなかったので、基地祭で一度行ったことがあるというだけの理由でその基地の代表番号に（めちゃくちゃだ）。

週末の夕方だったので基地広報室はもう閉まってて、当直の隊員さんが質問内容を控えて広報への申し送りを約束してくれました。私が小説を書いていることが分かると「すぐにお役に立てなくてすみません。いい本書いてくださいね」と……うわー作ったかのようないい話だー！　あ、もちろん週明けすぐに広報室から丁寧なお返事も頂きました。
そんなわけで、二作目で舞台となったのが某《ぼう》基地なのは、その基地の方々に親切にしてもらった個人的メモリアルによるのです。「いい本書いてくださいね」、その励ましは端的にして実は大変に奥が深く果てしなく。書き続ける限り不変の目標も私はその基地の人にもらったようです。

（２００４年10月）

【振り返って一言】　個人的に親しい人たちもできましたし、自衛隊とはずっと何らかの形で関わっていくんだろうなと思います。自衛隊といえば有川浩、と一部で思っていただいているようですが、たまたまデビュー作で自衛隊が登場したので調べた、というのが取っかかりでした。未だに大して詳しくないし、分からないことは全部訊きます。
それでもこんなふうに善いご縁が繋《つな》がっているのは、こんなめちゃくちゃなアプローチをした私に自衛隊の皆さんが温かく接してくれたおかげです。組織なのでもちろんいろんな人がいますが、基本的には我慢強くあれという教育をしっかり受けている人たちで、いつも眩しく生き様を眺めています。

書店さんに手を引かれ

最近、とんと書店さんに行くことが恐くなりました。と言いますのは——かなりの書店さんがありがたくももったいなくも私の本を置いてくれるようになったからです。

大変矛盾しているように思われることでしょう、私も他人の話ならそう思います。しかし、物書きというイキモノは想像力で商売をしているためでしょうか、この想像力が物書きを弱気かつセンシティブなイキモノにならしめるのであります。

自分の本をたくさん積んでくれている書店さんがある。——「これ、売れ残って持て余されてるんじゃないかな」と不安に。

自分の本が少ない書店さんがある。——「あ、やっぱり売れないから入荷をしてないのかな」と不安に。

これ、実は私に限ったことでなく、こういう症状に陥りがちな作家さんは意外と多いようです。

自分の本が書店さんでどう扱われていようと不安になる、大変しちめんどくさいイキモノ。それが物書きであります（とか断言してもいいのか。すみません言い逃げます）。なまじネガティブな想像力も豊かだからいけません。どんな吉兆からでもネガを見つけ出せる余計な能力が憎い。

けれど、私が曲がりなりにも活字で食べていけるようになったのは、書店さんのお力があってこそです。

忘れもしません、『空の中』。メディアワークスがライトノベル読者からも文芸読者からも散々の批判を浴びながら出版したハードカバーです。部数は初版が一万二千（ばらしていいのか。もう時効か）。ライトノベル専門でやってきたメディアワークスがチャレンジするには破格の数です。よくもまぁ、海とも山ともつかない新人をいきなりハードカバーにほっぽり出すのにこんな数を刷ったものだと思います。部決会議は一体何を考えていたのか小一時間問い質したい。これ失敗してたら私二作目でいきなり消えてたよなー。

しかし、これが断裁処理にもならず、重版がかかり、次の本もその次の本もハードカバーになり、あまつさえ他社でも仕事ができるようになりました。

これは偏《ひとえ》に書店さんの後押しがあったからです。メディアワークスの営業が売り込むゲラを読み、たくさんの書店さんが思いのほか熱い応援をくださいました。メディアワークスにはH井さんという営業さんがいるのですが、彼が全国を駆け回り、いろんな書店さんでの『空の中』店頭展開を撮影して私に送ってくれました。

ライトノベルの新人賞など一般文芸では何の経歴にもならない。それは悲しいかな事実です。それなのに——何で、こんなに。愕然《がくぜん》とするほど破格の取り扱いをしてくれている書店さんがたくさんありました。面陳、平台、手書きポップ。何の経歴もないぽっと出の新人を、誰よりもまず書店の皆さんが後押ししてくれたのです。

心意気、という言葉を肌で感じました。そしてその心意気をいただけなかったら、私はここにいません。書店さんに手を引かれて今ここに生き残っているようなものです。

いつか改めてお礼を申し上げたいと思っていました。そこへ日販さんからエッセイのご依頼をいただけましたので、今こそ正に改めまして。

書店さん各位におかれましては、私を育ててくださってありがとうございました。

（２００８年８月）

【振り返って一言】 書店さんと読者さん、そして一緒に本を作ってきた方々に支えられてここまで来ました。権威や肩書きの力に頼ることなく、人の思いの力だけでここまで来られたことが私の誇りです。

活字戦線異常あり

小説（以下「活字」と総称します）をエンターテインメントとして捉えた場合。現在、その地位は非常な危機に瀕しています。これはお手元に情報雑誌の一つもあればすぐ実感して頂けます。エンタメ紹介コーナーで、活字本の定位置は大抵最後のページです。これが活字に対する世間の評価を如実に表しています。

ぶっちゃけまして、もう活字のライバルは活字じゃないんです。映画でありテレビであり漫画でありレジャーでありコスメであり（以下略）、およそ「娯楽」となり得る全てのものが活字のライバルです。現在、お財布の中に「書籍費」を取り分けて下さるお客様は絶滅危惧種に認定されてもいい。ヴィトンのお財布八万円なら買ってくれる人が単行本一冊千六百円を「高い」と仰《おっしゃ》る。これが活字の現状です。これ、どんだけ絶望的な戦況かお分かり頂けますでしょうか。——まともにやってて勝てるわけねーだろこんなもん！

活字はもうこれまでの伝統を守ってるだけじゃ勝てないんです。伝統として残るべきところは残るべきでしょうが、しかし奇襲を選ぶ活字があってもそれは容認されていいのではないかと（容認されてくれると私のような日本語の汚い物書きも生きやすくなって助かります）。

例えばケータイ小説。これを頭ごなしにバカにする人は、どんなにその方が活字を愛しているとしても「活字の潜在敵」と言って過言ではない。もしかしたらケータイ小説を入り口に「活字」の世界にもお出で下さる方がいるかもしれないのに、その可能性を根こそぎ刈ってしまうからです。だって自分の好きなものバカにした奴の「オススメ」に手を出そうって人がいますか？　いるわきゃねえ。「活字ってお高く止まって感じ悪ーい」って思いますわな、フツーに。

活字は既に上から目線でモノ言えるほど立場の強いエンタメ媒体じゃありません。しかし活字業界の体質は中々変わろうとしません。

例えば一般文芸の世界では「短編集は売れない」と判で押したように言われます。しかし「活字層」を広げていくなら、これからはむしろ短編集でしょう。活字に馴染みがない方でも気軽に手に取りやすいのは短編集、あるいは連作短編です。短編集が売れない、とは従来の傾向しか見ていない発言です。出版界の体力があるうちに重厚な長編も押さえつつ短編集にも力を入れ、間口を広く取るのが長期的戦略と言えましょう。

お客様の開拓を放棄した業界は衰退します。限定されたパイを奪い合うより、パイそのものを広げる戦略のほうが建設的だと思うんですが——取り敢えず、「こうあるべき」な校則だらけの学校はつまんないよね、ってなところを一つ呟《つぶや》いてみんとします。

（2008年10月）

[振り返って一言] 戦線はますます厳しくなっていくばかりです。謙虚に頑張りつつ、お客様にご理解いただきたいこともきちんとお伝えしつつ。商売人として正しい努力をしたいものです。

笑ってもらえるなら上出来

十年前の正月は散々だった。

どちらが先に引き込んだかは覚えていないが、二人暮らしの夫婦の間で冬休み中延々と風邪をラリーしていたのである。

二人で交互に間歇泉《かんけつせん》のように高熱を出し、間歇泉の収まっているほうが近所のコンビニでウイダーインゼリーをあるだけ買い込んでくる。何故ウイダーインゼリーかといえば、当時うちの近所のコンビニで最も手軽に手に入る流動食がそれだったのだ。寝たまま吸い口をくわえれば摂取できる手軽さが当時の私たちの体調に最適だったのである。容器のキャップを捻《ひね》るのもやっとという有様で、我々はあの正月でおそらく一生分のウイダーインゼリーをすすった。

あんな侘《わび》しい正月は二度とあるまい、と思っていたが、去年はそれを上回った。夫が年末から急に入院することになったのである。命に別状はないがちょっと心配ごとの付随する病気で、毎日病院を見舞って夜は自宅で一人で過ごした。——これは堪《こた》えた。不自由を強いられるのは入院した夫だけで、私が不自由したわけではないのだが、堪えた。

夫が「君の本を持ってきてくれ」と言った。何度も読み込んでいる女房の本なんかわざわざ入院中に読まなくても、と思ったが、読書好きな夫が入院中に読んだ本は結局私の本だけだった。それもバカバカしさでは自作随一というシリーズだ。

無事に退院したとき「君の本はすごいな」と言われた。

「入院してけっこう落ち込んでたけど、読んでる間は笑えたよ」

くだらないと酷評されることも多い作風だが、くだらないことを全力で書いてきてよかったと思った。バカバカしくてもへこんだときに笑ってもらえるなら上出来である。私はそういうものを書いてりゃいいんだと決意を新たにした正月から一年が経ち、今年も私はやっぱりバカバカしいことを全力大真面目に書いているのであった。


（2010年1月・本稿以下全4回を連続掲載）

【振り返って一言】　そして未だに読んで楽しむためだけの本を書いています。今後も読んで楽しむためだけに全力。家人の病気は突発性難聴でした。このときの経験が『図書館戦争』の毬江や『レインツリーの国』に繋がっています。医療は知る者と知らない者とで受けられる恩恵がはっきり分かたれるということもこのとき知りました。

バナナはもうイヤ

十年前の正月、夫婦で寝込んで手軽に手に入る流動食としてウイダーインゼリーの超絶ヘビーローテーションをした——という話を前回書いた。

当時はウイダーインゼリーはもう一生分食った、二度と顔を見たくないと思ったものだが、実はその後もちょくちょく便利に食べている。人間の味覚は意外とタフだ。十日程度のヘビーローテーションなら「一生食わんでいい」の境地にはなかなか至らない。

そんな私が「一生食わんでいい」となった食品が一つだけある。バナナだ。

食わず嫌いとかもともと嫌いだったとかそういう話ではない。以前は確かに好きだったのだが、今ではケーキに薄く一片挟まっていてもわざわざほじり出して残すという按配《あんばい》になっている。

思い起こせばこちらは三十年弱遡《さかのぼ》る。私が小学校二年生だったか三年生だったか。

我が家はたいへん健康で健啖な食べ盛りの子供を三人有しており、母は決して裕福とはいえない家計からおやつを捻出することに日々頭を悩ませていた。

そんな母がある日繰り出したのがバナナを使ったお手軽おやつだ。皮を剥いたバナナを冷凍庫で凍らせる。一晩経てばバナナのアイスキャンデーの出来上がりという寸法だ。

これが美味《うま》かったのである。子供たちは大ウケだわバナナは安いわで気をよくした母は三日と空けずバナナのアイスキャンデーをおやつに供した。——かくて二ヶ月。

バナナの顔はもう一生見たくないという私が出来上がって今に至る。

何で「お母さん」という生き物は、こういうときやり過ぎるのか。うっかりお母さんの料理を誉めて同じ目に遭った人は多いはずだ。

しかし、私もたまたま上手くできたピーマンのごま和えを一週間ほど食卓に載せ続け、夫にイエローカードを食らったことがあるので、やはり母の血を継いでいるのである。

（２０１０年１月）

【振り返って一言】 お母さんのやり過ぎ問題については共感の声を多数得ました。でも、「うちの場合は」を話してくれた人は、みんな笑顔でした。家族の笑い話ができるのは、幸運なことであり、ありがたいことでもあります。

全身じんま疹の「痛い自慢」

十年前の正月、夫婦で寝込んで大変だったという話を前々回――そろそろこの枕はいいかげんにしろと言われそうだ。

十年前の大風邪は今となっては持ちネタの一つである。何の持ちネタかといえば病気・ケガ自慢だ。

渦中はそれどころではないのだが、過去に乗り越えた病気やケガは実に手軽な武勇伝だ。いわゆる「痛い自慢」は皆で盛り上がる定番ネタである。

そして私にもそういう席で繰り出す「痛い自慢」がいくつかある。

五年ほど前、突如としてひどい痛みと高熱を伴うじんま疹《しん》に襲われた。上げるわ下げるわ大変な騒ぎで、水を飲もうと布団から起き出したらその衝撃でマーライオンのようにゲロを噴いた。

マーライオン現象がようやくなりを潜めた頃、這うように近所の病院へ。なおも残るこの苦痛を何とかせねば死んでしまう。私は深刻なその症状を大きな声でハキハキと医師に訴えた。

「尿をするたび土手に激痛が走るので何とかしてください」

人間、切羽詰まるとこれだけなりふり構わなくなるという実例だ。

この悪質なじんま疹は体中をくまなく襲い、泌尿器ももちろんその被害を免れるわけにはいかなかったのだが、アンモニアで洗われてそこが最も大変なことになっていたのだ。排尿のたびに襲う激痛に私は水分の摂取を恐れ、脱水症状寸前になっていたほどである。医師とはいえ見知らぬ男性に土手と口走るのも無理からぬと認めてほしい。

処方された軟膏《なんこう》で何とか排尿できるようになり、じんま疹はその後数日で山を越えたが、病名は高い検査をいくつもしたあげく結局不明。もしかしたらこの病院はやぶかも知れないと思ったが、排尿地獄から救ってくれたので検査代返せと言うのは思いとどまった。

（２０１０年１月）

【振り返って一言】 実に痛かった。しかしこの原稿で元は取りました。掲載当時、「陰部」と書いたところにＮＧが出て、粘り強い交渉の末に「泌尿器」に落ち着いたことを、後に小説のネタにさせていただきました。

生きてるんだから、書かなきゃね

過去に乗り越えた病気やケガは手軽な武勇伝だ——という話を前回書いた。

私はたった一人だけ、乗り越える渦中を武勇伝にした人を知っている。

氏は私に清々《すがすが》しく笑ってこう言った。

「いやぁ、実は私ガンなんですよ」

あまりにも晴れやかに言い放つので、早期発見で大事なかったというオチが来るのかな、と思ったら「ステージⅣなんです」

そのとき自分が何と受け答えたか覚えていない。「お大事に」と言ったのか「頑張ってください」と言ったのか。こういうときに掛ける言葉の正解が私には分からない。

氏は私の作家活動をいつも気にかけてくれていて、会う度に私の最新刊のことを話題にしてくれた。そして近況報告の中に気負わずさらりとこんな話が混じる。「抗ガン剤を変えたんですよ、合ってるみたいでなかなかいい具合です」「先日は下血しましてちょっと大変でした」……

軽やかに楽しげにそんな話をするものだから、何だか誰も彼もが氏にはずっとその日は訪れないいんじゃないかと思っていた。「いやあ大変大変」と笑いながらずっとそこにいるような気がしていた。

けれどもやっぱりその日は訪れてしまって、ものすごく多くの人が氏との別れを悲しんだ。遺影の氏はいつもとまったく変わらない、朗らかな穏やかな笑顔だった。まるで既に乗り越えてしまった武勇伝のようにいつも自分の病気を軽やかに話して、最後まで軽やかなまま旅立った。

私が思い出せるのは氏の朗らかな笑顔と穏やかな話し声だけだ。それしか遺《のこ》さず逝くなんて、一体何という強い人だったのか。氏がそれしか遺さなかった相手は私だけではないのである。

「生きてるんだから、書かなきゃね」誰かがそう言った。いつか再会したとき、あの人に恥じるところがないように。

（２０１０年１月）

【振り返って一言】　文中の作家さんは中里融司さんでした。会う機会はそれほど多くありませんでしたが、会うたび励ましていただきました。

「心に太陽が照っていなければ創作活動はできません。作家は自分が太陽だから、自分が翳らないための努力をしないといけません。悩みを人に聞いてもらったり、愚痴を聞いてもらったりも、自分をお天気にするための大切な作業ですよ」という言葉をいただきました。この言葉は「先輩作家さんから私がもらった言葉ですが」と前置いて、私の友人のクリエイターもたくさん救ってくださいました。

読書は遊びだ

「そんなくだらない本よりもためになる本を読みなさい」というようなお言葉が嫌いである。読書は遊びだ。本好きは楽しむために本を読む。結果的にその本が自分の糧《かて》になることはあっても、「ためになるから」本を読むわけではない。遊びとして本を読んでいるのに糧を得られることがあるから読書はすばらしいのだ。

ところが最近、この読書という遊びを蹂躙《じゅうりん》しかねない騒ぎが起こっている。東京都青少年健全育成条例の改正問題である。大雑把にいうと「都が青少年に悪影響を及ぼすと判断した不健全な作品を規制する」という条例らしい。条例案は先送りされたが、主には「非実在青少年」に対する性的表現が問題になっているとか。

「非実在青少年」とはまた不思議な造語である（十八歳未満と覚《おぼ》しきキャラクターを示すそうだ）。要するに「架空のキャラクターであってもふしだらな行為はお母ちゃん許しませんえ！」ということらしい。対象は漫画、アニメ、ゲーム、そして小説の挿絵などが考えられる。

これを近所のおばちゃんが言っていて、自分ちの子供に「こんなん読んだらあきまへん！」とやっているならかまわない。お母ちゃんがエロ本を取り上げるのは当たり前だし、子供はお母ちゃんの目をかいくぐって思春期の階段を上るものである。

しかし権力がこれをやりはじめたら検閲だ。しかもこの改正案では「不健全」の判断が非常に曖昧で広範囲に及ぶ可能性があるというから怖い。

東京だから地方は関係ない、と思われるかもしれないが、東京には日本の主な出版社が集中している。規制は都内の販売という話だが、出版社のメインマーケットとして東京は巨大だ。そこを封じられては出版社は都の規制を回避する自主規制に走るしかない。実質的には出版規制だ。

青少年を保護する意志は尊いものである。だが、実在の青少年の保護が行き届いていないのに表現の自由を危うくしかねない法の整備に腐心するのはいかがなものか。尊い意志は尊く貫いていただきたい。尊い意志のために表現の自由が蹂躙されたら、その時点で尊い意志は蹂躙者に転落してしまう。

拙著『図書館戦争』で、もし検閲が合法化されたらというナンセンスコメディを書いた。そのせいかこの問題を「リアル『図書館戦争』」と呼ぶ人もいるらしいが、私は予言者になりたくて『図書館戦争』を書いたわけではない。

悪影響があるかもしれないからと表現規制になりかねない策を打つのは、火事になるかもしれないからと火を規制するような極論だ。大切なのは火との正しい付き合い方を学ぶことである。

私の世代、読書は自由ですばらしい遊びだった。次世代以降も読書がすばらしい遊びであり続けることを願うばかりである。

（２０１０年５月）

子供を守るため？——再び都条例改正に思う

この連載の一回目で東京都青少年健全育成条例の改正問題に触れた。解釈次第で現代に検閲が蘇ってしまう恐れがあるとして、出版界をはじめとして各界が憂慮している改正である。

これがついに可決されてしまった。

「子供を守るために賛成してください」。これは規制推進派の決まり文句だが、たいへんずるい文言であると思う。賛成しない人は子供を守る気がないのだと言外に迫り、異議を唱えること自体を非難するからだ。実際、表現規制の危険性を唱えたある女性都議は、規制推進派の男性都議から「子供の敵！」とやじられたそうである。

私の知人からもこんな話を聞いた。彼はライトノベルというジャンルで活躍している作家である。彼も表現者としてこの都条例改正の危険性を憂慮し、日々自分のブログで改正反対を訴えていた。

そんなある日、ブログのコメント欄に規制推進派から書き込みがあったという。「利害関係者に煽《あお》られているあなたに教えてあげます」というきなりの上から宣言に始まって、都条例改正に反対するのはエロ漫画で利益を上げている出版社によるロビー活動に踊らされている人だ、というようなことを主張し、最後に捨て台詞《ぜりふ》があったそうだ。

「もしあなたがエロ漫画ファンであっても、18禁コーナーに行けば買えますので心配ご無用」

反対派を一方的にエロ漫画ファンと決め打つこのレッテル貼りに、プロの作家として反対を表明していた彼はたいへん落ち込んだ様子で「まあ、僕が名前の売れてない作家だから悪いんだろうけど……」と悲しそうに呟いていた。なぜ彼がこんなふうに傷つかねばならないのか。彼はブログの自己紹介で筆名も著作も公開している。反対派のブログと見るやプロフィールも確認せず「エロ漫画ファンめ！」と突撃したほうの心なさこそ責められるべきであろう。

さて、この規制推進派によく見られる一方的なレッテル貼りには既視感がある。言わずもがな、改正の旗振りに勤しんでいる二人の作家、都知事と副知事だ。

都知事は規制に触れる可能性がある漫画について「卑しい仕事」と公言し、副知事もTwitter《ツイッター》で「マンガ好きは人生行き止まりと感じている」などと発言している。規制を推進するトップがこれでは、規制推進派が「偏見」を振りかざすのも無理はない。トップに倣《なら》えば当然そうなる。

「子供を守るために」偏見という石で人を打ち、彼らは一体誰に何を誇るつもりだろうか。

作家も漫画家も同じ表現者である。表現者が他の表現者を一方的におとしめ、それを正義と語るなど、作家の端くれとして私には到底理解できない。

まあ、私ごときが言ったところで「お前のような無名の卑しいライトノベル上がりが作家を語るな」と一蹴されるのがオチだろうが。

（２０１１年２月）

【振り返って一言】 当時、推進派のほうに乱暴かつヒステリックな物言いをされる方が多かったような気がします。

「場合によっては悪意より善意のほうが恐ろしいことがあります。悪意を持っている人は何かを損なう意志を明確に自覚している。しかし一部の『善意の人々』は自分が何かを損なう可能性を自覚していない」と自作（『図書館革命』）で書きました。自戒としての文章でもあります。

東日本大震災の日

東日本大震災の日、奇《く》しくも東京にいた。

打ち合わせで出版社にいたのだが、いつまでも止まらない大きな横揺れが来た。阪神・淡路の経験か、震源地は東京ではないととっさに思った。ただし、どこかよそで阪神・淡路級の、いやあるいはそれ以上の震災があったに違いないと暗澹《あんたん》たる気分になった。ちなみに、私と同じく阪神・淡路大震災を経験した某作家もまったく同じ判断をしていたらしい。

ＪＲは早々に終日運休を決めてしまった。都内は大渋滞に陥り、徒歩で移動する人が歩道に溢れた。

足腰が強かったのは東京メトロだ。夜九時過ぎ、半蔵門線が一部復旧したという一報が入った。これで宿に帰れるのではと最寄り駅に行くと、券売機は軒並み販売中止。代わりに改札が開放されていた。無料輸送に踏み切ったのだ。

行けるところまで行って歩こうと思っていたが、半蔵門線に乗っているわずかな間に丸ノ内線も全線復旧し、結局宿《やど》まで地下鉄ですんなり帰れてしまった。駅員に出口を尋ね、そのとき「動かしてくださってありがとうございました。本当に助かりました」と自然に頭を下げていた。駅員は復旧を誇るでもなく「いえ、こちらこそお待たせしてしまって」

と笑顔を返してくれた。それこそが都民の足たることを自らに課した誇りである。

週明けから首都東京の動揺はひどかった。そんな中、メトロは淡々とダイヤを動かし、都民の足たることに徹していたという。

メトロと同じく、東京も首都たる誇りを持ってほしい。東京も動揺しただろうが、被災地ではない。首都が浮き足立っていては被災地の不安は増すばかりだ。いや、首都に限らず――

被災者がいずれ戻ってくる日常を私たちは維持する義務がある。震災を知っている私たちはそのことを知っている。

（２０１１年５月）

【振り返って一言】 メトロの対応は今思い起こしてもすばらしかった。いわゆる「神対応」というのはこういうことではないかと。

「進捗なし」情報の大切さ

以前、東日本大震災当日の東京メトロの足腰がすばらしかった、という話を書いた。それに関連してそういえばと思い出したことがある。これは大阪市営地下鉄の話になる。御堂筋《みどうすじ》線に乗っているとき、電車が緊急停止した。乗客がざわついていると、すかさずアナウンスが入った。

「ただいま、線路内に男性が入り込んだという報告があったため、男性の身柄を確保するまで電車の運行を止めております」

こんな内容だったかと思う。男性はどこをどう逃げ回っているのやら。

その後、数分おきにアナウンスが入った。「まだ状況に変化はありません」という報告だった。その数分おきのアナウンスは、男性の身柄が確保され、電車が動き出すまで続いた。

JRで同様に電車が止まったときを思い出した。踏切の故障か何かで、機器確認のための停車とのことだった。そのときは最初に一度アナウンスが入ったきり、電車が動き出すまで一切続報はなかった。十分か十五分か、乗客は続報が入らないことに苛立《いらだ》ち、不安を募らせていた。

JRに悪気はない。進捗《しんちょく》がないから放送するべきこともない、というごく単純な判断に則《のっと》ってのことだろう。だが、新たな情報がなくても、「進捗なし」という情報を得られることで乗客は安心するのである。周囲の情報を遮断されたままの十分は長い。非常時の車内の空白時間に一般人が耐えきれるのは、カップラーメンが作れる程度の時間と思ったほうがいい。

これはJRを責めるよりも、乗客に寄り添おうとする地下鉄の想像力を称《たた》えるべき話である。しかし、その想像力を見習うことはJRにとって貴重な財産となるのではないだろうか。国営から民営化した組織は往々にして顧客への想像力に欠けている。幸せな需要と供給の関係を作るためにも、ぜひ同業他社の見習うべきところは見習ってほしい。

（2011年5月）

【振り返って一言】 危機管理という言葉を作られた佐々淳行さんも、事件対応中の定時記者会見で必ず「進捗なし」を報告したそうです。進捗したことがないからと会見を省略すると、情報を伏せられてるんじゃないかと疑心暗鬼になった記者がてんでに独自調査を始めて、収拾がつかなくなるとのこと。「進捗なし」も大事な情報です。公共機関はぜひご検討ください。

新幹線のサービス力

以前、ＪＲへの苦言を少し述べてしまったので、今回はＪＲのえらいところを称えたい。あの凄まじい東北の震災の最中、新幹線での死傷者がただの一人も出なかった。震災直後は被害報道ばかりですっかり埋もれてしまったが、鉄壁の安全神話を更新中の新幹線とそれを運営するＪＲはもう少し賞賛されてもいいと思う。当たり前だと顧みずにいたらのぞみやひかりをはじめ、全国にファミリーが増えた新幹線もふててしまうかもしれない。

震災で在来線の足腰は弱かったＪＲだが、新幹線は翌日早々に復旧していた。私が震災の翌日に自宅に帰れたのは新幹線のおかげである。願わくば在来線でもその足腰を発揮してくれたら言うことなしだ。

新幹線のサービスがＪＲの中で図抜《ずぬ》けているのは、もしかすると飛行機という絶対的なライバルがいるせいかもしれない。やはりサービスはライバルとなる他社がいないと磨かれにくい。私鉄、地下鉄もライバルではないかという意見もあろうが、私鉄や地下鉄はある程度の都市部にしか運営できない。

日本全国、どんな不便なところでも線路を通しているＪＲは在来線では絶対的な存在である。日本全国津々浦々の輸送の血脈としてライバルになれる存在はなく、その唯一無二性がもしかすると在来線のサービス精神を鈍らせてしまっているかもしれない。だが、その一方で新幹線という誇るべき部門を抱えていることも確かだ。

せっかく見習うべき部門が同じ組織の中にあるのである。ぜひそのサービスのノウハウを共有してほしい。これだから民営化した組織は駄目なんだ、という厳しいユーザーの中にもＪＲの支持者が増えること請け合いだ。

一利用者として、ＪＲにはより良いサービスを提供できる企業になれるポテンシャルがあると信じたい。

（２０１１年７月）

【振り返って一言】 安全神話が人的災害によってストップしてしまったのは、たいへん残念。

自粛は被災地を救わない

三月末に出た『県庁おもてなし課』の印税を、すべて東日本大震災の被災地に寄付することにした。当面は重版分も、ということにしてある。当面というのがいつまでかは決めていない。最低限、年内にかかった重版まではと思っているが、復興の具合によってはもっと長期も考えている。

こうした動きは私だけのことではなく、他にも多くの作家が印税の寄付に乗り出している。

何故個人的な資産ではなく、わざわざ印税の寄付なのか、と取材で訊かれたこともあるが（言外に売名だと言いたかったらしい）、それについては私なりに理由がある。

印税は本が出版されて初めて発生する作家の収入である。そして本は買ってくれる読者がいないと出版することはできない。作家が本を出せるのは、本を買ってくれるお客様があってこそだ。

心の持ちようの問題だが、印税を寄付することは、日頃応援してくれる読者の気持ちもくんだうえでの寄付だと私は思っている。

友人の湊かなえは印税ではなく個人の資産から寄付を出したそうだが、それも震災後に決行した『花の鎖』（文藝春秋）のサイン会で募金を集め、それに自分の「気持ち」を添えての寄付だった。やはり「読者の気持ちをくんだうえでの寄付」の形に拘ったのだ。

ところで、私と湊かなえはともに阪神・淡路大震災を経験している。そして、阪神・淡路を経験した人が感覚として分かっていることがある。それは自粛は被災地を救わないということだ。よその地域が自粛してくれたところで被災地には何も届かない。被災地に必要なのは率直に言って復興のためのお金である。

そして復興のためのお金は、よその無事な地域が元気に社会と経済を回していかなくては賄《まかな》えない。阪神・淡路のとき、大阪がけろりと平常営業していたことが、被災地にはどれほど心強かったか。これほど隣の都市がけろりとしているなら、被災地もすぐに復興してもらえるに違いないと思えた。

これほどの災害が起こると、自分が無事であること自体に罪悪感を覚えてしまうものだが、無事な人間は被災地を支援するために無事だったのだと思ってほしい。

そのためにはまず、自分の生活を大事にすることである。そしてこんなときだからこそエンターテインメントを楽しむことを自粛しないでほしい。

張り詰めた糸は長くは保《も》たない。あなたが手に取るエンターテインメントは、張り詰めた心にゆとりを作る役に立つはずである。多くの作家はそのエールもこめて印税の寄付を表明している。

自粛して外出を控えてもあなたの気持ちは被災地には届かない。それに引き換え、あなたが外に出て使うお金は、コンビニで買うお菓子一つに至るまできちんと経済を回すのである。気が向いたときに自分のできる範囲で寄付ができたら更に言うことなし。

（２０１１年５月）

【振り返って一言】「本当は売名の意図があるんじゃないですか？」としつこく訊かれました。寄付は黙ってしろというご意見だったようですが、寄付の表明は同業者への「できる人は一緒にやろうぜ！」という声かけでもあります。だから当時、私以外にも多くの作家さんが声を挙げられたのでしょう。赤の他人に売名と誹られることと、業界の寄付の気運を盛り上げる可能性を天秤にかけるなら、私は後者を選びます。何度でも。

黙って寄付するほうが美しいと思う人は、自分が黙って寄付すればいいのであって、他人の寄付まで指図するのはお門違いでありましょう。

売名呼ばわりされようと偽善呼ばわりされようと、被災地に送る現ナマは一円でも多いほうがいい。あくまで私個人の主義ですが。

身近な被災地支援

三月二五日に発売された自著『県庁おもてなし課』の印税をすべて東日本大震災の寄付に充てた。

このことを公表したのは「寄付になるから買ってね」ということではない。本は発売前に刷り部数が決まっているので、寄付できる額は最初から決まっているのである。本の売れ行きは寄付金額を左右しない（重版がかかれば別だが）。

だが、震災直後の自粛ムードが気になった。これだけの災害があったら仕方ないことだが、無事な地域の人まで平穏な日常を送ることに罪悪感を覚えてしまっている。これではいけない。こんなときこそ、よその人間は元気に生活して社会と経済を回すべきなのだ。そうでないと被災者を支えることもできない。

阪神・淡路大震災を経験した私たちは知っている、被災地を助けられるのは何はともあれお金である。無事な人々が経済を回してこそ、被災地の救援も復興も果たされる。

「こんなときに本なんて」「娯楽なんて」そう思ってしまう気持ちは分かる。しかしだ。

無事な地域でへこんでいる暇があったら、歯を食い縛って笑おう。やせ我慢と空元気を振り絞るべきは今だ。そして日常を彩るためのエンターテインメントを楽しむことを罪悪だと思わないでほしい。一冊の本、一枚のＣＤ、一本の映画に演劇、一回の外食に至るまで、「この一回分、私は経済を回すのだ」という意志を持って手に入れたものを楽しんでほしい。

被災地支援の志はもちろんだが、こんなときだからこそエンターテインメントを前向きに楽しんでほしいというメッセージもこめての寄付である。共感してくださる方は、自分の生活や趣味をいつもどおりに大事にしてほしい。寄付もできれば最高だが、まずは自分の生活をしっかり回すことが一番身近な被災地支援になるはずである。

（２０１１年６月）

【振り返って一言】　当時、自粛は被災地を救わないということを折に触れ口にしていました。こういうことは、曲がりなりにも震災を経験したことがある人間でないと言いづらいことなので。

湊さんも、やはりそうしたことをよく発言していました。何も相談したわけじゃないのに、二人とも同じ思いで動いていたことがとても心強かったです。

湊さんとは同い年で、どちらも地方出身、阪神・淡路を体験したときに住んでいた地域も近かったという共通点があります。そんな私たちが、東日本大震災のときにどちらも作家になっていたからには、被災経験のある者でないと言いづらいことを言わないとね、としみじみ話しました。

自粛よりも図太さを

震災後、友人の湊かなえと話をすることが多かった。お互い阪神・淡路を経験しており、今作家となり、関西に住んでいる。今回の震災について思うところは色々あった。

経験していないと大っぴらに話せないことがある。例えば、自粛がむしろ被災地にとって迷惑であるというようなことだ。阪神・淡路の経験者の多くには自明の理だし、理屈で考えても復興資金がいくらあっても足りないときに景気が停滞する自粛ムードは好ましくないということは容易にたどり着ける結論だ。しかし、経験という裏打ちがないと、同じことを口に出しても「不謹慎だ」「何を分かったようなことを」と叩かれることがある。

だとすれば、阪神・淡路を経験し、今作家になっている私たちには果たすべき義務があるはずだ。経験がないと言いづらいことを口に出すことが正にそれだ。

自粛は善意の賜《たまもの》かもしれない。しかし、自粛論・不謹慎論を唱える方々には、それを東北の被災者が知ったらどう思うかに思いを馳せてほしい。震災後、私の元へは被災地の読者からの声が頻々と届けられた。「まるで自分たちのせいで自粛させているようで辛い」と。「私たちが自粛を頼んでいるわけではないのに」「どうか無事な地域は普通に生活してください」と。

阪神・淡路の体験者の中にも、勝手な自粛を「あなたたちのために自粛した」と押しつけられたことがある人がいるのではないだろうか。

東北の人々は、今厳しい現実に向き合わされている真っ最中だ。誰もそれを代わることはできない。苦しい戦いを強いられている人に、無事な地域の自己満足としての自粛まで背負わせてはならない。彼らが帰りたいと思っている日常は、決して自粛や不謹慎論でがんじがらめになった窮屈なものではないはずだ。

復興は阪神・淡路より長い戦いになる。私たちに必要なのは、自粛よりもゆとりを失わない図太さである。

（２０１１年８月）

「自粛」より楽しんで経済貢献を

震災はありとあらゆるところに爪痕を残した。それは被災地や被災者だけにとどまらない。

被災と関係ない無事な地域、あるいは被災地でも被害が少なかった地域の人々が、自分が無事であることに罪悪感を覚えてしまうということもその一つだ。しかし、無事な地域の人間はきちんと自分の生活を回し、経済を回すことが何よりの復興支援である。経済が回らないと復興のお金も回らない。被災地以外の地域はどっしり構えていることが重要だ。

このことは阪神・淡路大震災を経験した人なら肌感覚として分かっていることではないかと思う。

あの震災の後、大阪の繁華街に出て呆気《あっけ》に取られた人は多いのではないだろうか。梅田は震災直後からけろりと平常営業だった。今にして思えば、あの泰然《たいぜん》ぶりがたいへん心強かった。淀川《よどがわ》を東に一本渡っただけで街がこれだけ平然としているのなら、被災地もすぐに立て直してもらえるに違いないと思えた。

今、東北以外のすべての地域が東北に対してそういう存在であらねばならないと思う。そしてそのために何よりも大切なことは、気持ちにゆとりを持つことだ。東北の復興は阪神・淡路よりも長丁場になるだろう。その長丁場を思い詰めたままでは完走できない。張り詰めた糸はすぐに切れてしまう。

そして、張り詰めた気持ちを解きほぐすために、ありとあらゆるエンターテインメントは有効であると私は信じる。しっかり自分の生活を回し、経済活動に参加しながら、生活の潤いとしてエンターテインメントを楽しむことを忘れないでいただけたら、と思う。「私はこのエンターテインメントを楽しむ分、経済を回すのだ」と胸を張って各界のエンターテイナーが送り出す作品を受け取ってほしい。

もちろん、気が塞いでしまって楽しむ気分になれないというのなら、気分が持ち直すまでゆっくり休むことも一つの選択だ。そうした意味での自粛はまったく悪いことではない。だが、震災が人心に残した爪痕は、「自粛」や「不謹慎」という言葉にマイノスの効能を見出させてしまっている側面があるように思う。「自粛しないなんて不謹慎だ、けしからん」という用法がそれだ。

春先、テレビ東京がアニメ番組を再開しようとしたとき、苦情が殺到したという。こんなときにアニメなんて不謹慎だ、という意見だ。局側の意図は、通常番組を再開して雰囲気の緩和を目指そうとするものだったのではないかと思う。実際、震災番組ばかりでは視聴者の逃げ場がなく、情報で疲弊するという懸念もそろそろ囁かれはじめていた頃だった。局の判断は「日常のテレビプログラムを再開し、緊張を緩和する」という意味において、むしろ評価されてもいいものだったと思う。この騒動は個人的にとても残念な話として聞いた。

自分の関わる物事においてそれが不謹慎かどうかを検討し、必要に応じて自粛するのはたいへん尊い気遣いだ。しかし、「誰か不謹慎なことをしてないだろうな」と他者を監視する理由に「自粛」「不謹慎」という言葉が使われはじめたら、社会はたいへん窮屈なことになる。そしてまた、「誰かに不謹慎だと責められないだろうか」ということを恐れての自粛は、健全なものとは言い難い。

マーケティングなどにおいても同じことが言えるが、真っ先に声を上げるのは不満を持った人だ。「このご時世にアニメなどけしからん」と不満を持った人が声を上げるのである。何てことないアニメの再開にほっとした人は、満足しているのでわざわざ声を上げない。

これからしばらくの間、不満ではなく満足にこそ積極的な声を上げることが必要な世の中になるのかもしれない。そうしないと、真っ先に殺到する不満の声に前向きな取り組みが押しつぶされてしまう恐れがある。

それに何より、「けしからんこと」を探しているより、「すてきなこと」を探しているほうが気持ちが晴れる。こんなご時世だからこそ、目線は上に。そして前向きな言葉をふんだんに使いたい。

（２０１１年６月）

【振り返って一言】　当時は頻繁にこういうことを発信していました。それだけ閉塞感に対する危機意識が刺激されていたのだと思います。

これからもこうした意識は失わないよう心がけたい所存。大変なときこそ無事な地域は経済を回せ！　ということでひとつ。

ちなみにテレ東とはドラマ『三匹のおっさん』でご縁を得ましたが、大変おっとりと独自の道を行かれる素敵な局でした。

「満足」にも支持の声を

春先の話になるが、大変残念な話を聞いた。

テレビ東京が震災後にあるアニメ番組を再開しようとしたところ、不謹慎だ、けしからんという苦情が何百件も殺到したというのだ。

随分と世間が狭量になっているなと暗澹たる気分になった。もうある程度震災の報道が落ち着いてきた時期だった。局側の意図は、通常番組を再開して雰囲気の緩和を目指そうとするものだったのではないかと思う。実際、どこの局に行っても震災番組ばかりでは視聴者の逃げ場がなく、情報で疲弊するという懸念も囁《ささや》かれはじめていたように思う。

そんな時期に、比較的早い段階から「何てことない」「日常のテレビプログラムとしての」アニメ番組を再開しようとしたことは英断と言えたのではないだろうか。――しかして、局を報いたのは「不謹慎だ」という突撃が数百件だ。

実際にそのことが報道されると、私の周囲では通常番組を再開しようとした局を評価する意見のほうが多かったし、世間が神経質になっていることを残念がる声もあった。「不謹慎」の声は決して圧倒的な多数派ではないと思われる。

この一件で思ったことは、これから先はしばらく「良いと思った取り組みを意識して支持する」ことが必要になってくるかもしれないなということである。

マーケティングでも同じことが言えるが、満足している人よりも不満を持った人のほうが声を上げることに積極的だ。その結果がテレビ東京を報いた数百件の苦情であろう。しかし、満足していることにもちゃんと支持する声を上げていかないと、前向きな取り組みが苦情によって潰《つい》えてしまうということにもなりかねない。

そんなわけで、これからは苦情よりも前向きな声を上げることを提案してみたい。――知るのが遅きに失したが、アニメの再開、私はいいと思ったぞテレビ東京！

（２０１１年７月）

【振り返って一言】 言葉は道具です。使い方によって利器にもなるし凶器にもなる。インターネットによって言葉の行使が簡単になったからこそ、使い方には気をつけたいと思います。Ｔｗｉｔｔｅｒで「自宅の玄関に貼り出すことができない発言はネットでも発言してはいけません」という趣旨の画像を見たことがありますが、あれは公共広告機構のＣＭで流していただきたいくらい。

偉大な読書家、児玉清さん

児玉清さんの訃報は出版業界を大きく震わせた。

私も打ちのめされた一人である。出版業に携わっている者にとって、児玉清氏は俳優としてより優れた読書家として比類ない存在だった。一度でも児玉さんに書評や解説を書いてもらったことのある作家は、きっとそのことが大きな拠《よ》り所となっていると思う。

私もお世話になったが、児玉さんが私の本に遺してくださった解説は一生の支えだ。私は安く見られる作家だから世間様から心ない言葉をいただくこともたくさんあるが、誰に何を言われても「私の物語を児玉さんが面白いと言ってくださった」と思うとそれだけでいろんなことに耐えられた。これからも児玉さんが読んでくださったことが私の支えになり続けるだろう。

編集者にも「一度は児玉さんに自分の担当した本について書いていただきたい」という人は数多かった。私の担当編集者もその一人で、彼女は「私は間に合いませんでした」と肩を落とした。そういう意味で、児玉清は出版業界全体の精神的な支えともいえる存在だったのだ。

児玉さんほどフェアな読み方をする読書家は稀《まれ》だ。「自分の好みに合わないからこの本は悪い本だ」式の読み方は一切なさらなかった。そしてまた、楽しめるものの幅が恐ろしく広かった。

そして、児玉さんは自分が面白いと思ったものを応援することにたいへん積極的だった。そうした人が存在するということが出版業界にとってどれほど心強かったか。

出版業界が児玉清を失った衝撃は大きい。しかし私たちは本を作らねばならない。偉大な読書家であった児玉清に恥じることのない本作りにますます邁進《まいしん》することこそが、今まで出版業界を支えてくださった児玉さんへの恩返しになると信じている。

（２０１１年６月）

【振り返って一言】　未だに児玉さんが失われた空白は巨大です。新しい本を出すたびに、きっと彼岸で読んでくださっていると信じつつ、ご家族に献本しています。

有事に冷静たること

テレビをエアチェックするという作業が苦手なので、日頃はあまりテレビを観ない。だが、そんな私にもいくつか贔屓《ひいき》にしている番組がある。『鉄腕DASH!』もその一つだ。農村体験学習や海岸再生など、社会的に意義のある活動にテレビの予算を引っ張ってくるという企画の組み方は、テレビという媒体の有効利用を探っている社会実験のようでいつも興味深く拝見している。

さて、長年人気のコーナーとなっている農村体験学習企画「DASH村」は、TOKIOの五人が荒れ地を一から開墾して農村を作っていくというものだ。所在地はずっと伏せられていたが、それが去年の3・11以降、明らかになった。福島の原発避難区域に入っており、公開せざるを得ない状態になったのだ。

ああ、もう続けることはできないだろうなと思った。ところが、このコーナーは今でも存続している。避難を余儀なくされたDASH村の技術指導者や協力者のその後の生活をレポートし、また放射能測定の実験場として村の敷地を提供するなど、原発事故という現実に真正面から向き合う方向に舵《かじ》を切ったのだ。村の放射能を測定し、その数値を逐一画面に映し、数値の根拠を同行の研究者に説明させた調査の回は、どんな報道番組よりも冷静に「放射能」というものを嚙《か》み砕いて説明していたと思う。

一体何という冷静な人たちがこの番組を作っているのだろうと心洗われた。悲観せず、楽観せず、やみくもに原発を否定することもせず、ただ現実を現実として受け入れ、対処や可能性を探る。それは今のマスコミや世論が最も見失っていることではないだろうか。過激な行動を起こせば、過激な論陣を張れば、一瞬世間は注目するだろう。しかし、それは結局のところ一時的な痙攣《けいれん》に終わってしまう。原発エネルギーを手放し、代替エネルギーを探っていくことはもちろんこれからの課題だが、そのためにはまず現実を現実として見据えることが必要だ。原発エネルギーを手放すためにはどういうプロセスが必要なのか。そのプロセスに必要な時間は。予算は。一過性で終わってはならない物事こそ、冷静に検討を推し進めていかねばならない。性急で感情的な行動や論調は、むしろそうした検討を邪魔することとさえある。

『鉄腕DASH!』はバラエティ番組だ。観て楽しめることが身上だ。その立場を守ったまま、作り手たちは「有事に冷静たること」を淡々と実践していた。実にカッコイイ。

（2012年3月）

【振り返って一言】 ヒステリックな意見は逆に第三者を遠ざけてしまいますので……大事な問題こそ客観性を自分に問いかけながら論じたいものです。

『鉄腕ＤＡＳＨ！』は今でも楽しませていただいてます。特に第一次産業エンタメ部分。第一次産業にエンタメを持ち込んだ発想は本当にすばらしい。

小説家になりたいあなたへ

先日、学習雑誌のインタビューを受けた。子供向けの媒体から取材を受けると必ず訊かれることがある。

「小説家になるにはどうしたらいいですか？」

本音を言うなら「やめとけ」だ。今の出版業界で専業作家としてやっていくのは非常に難しい。

作家の収入は基本的には原稿料と印税だけだ。原稿料は雑誌などに原稿を渡したときに発生し、印税は本を出したときに発生する。だが、雑誌の仕事はすべての作家が平等にもらえるわけではないので、当てになるのは自著の印税だろう。

単行本一冊につき定価の十％が著者に入る印税だ。定価千六百円の本なら一冊につき百六十円、かけることの出版部数が作家の収入になる。

さてそれでは気になる部数の話である。上を見ても下を見てもきりがないが、単行本で初版一万部を刷ってもらえたら作家としては活動がたいへん堅実だと言える。運良く初版一万部の作家になれたとして、一冊の本につき百六十万円の稼ぎだ（重版がかかればもっと増えるが、端《はな》から重版を当てにするような楽天家は作家を目指さないほうがいい）。

そして作家が年間何冊本を書けるかという話である。筆の速さは人によるが、年間三冊書けたら相当速いほうだ。すると、かなり順調な作家で年間の収入は四百八十万円ほどということになる。ここから税金や保険、経費をさっぴくと手取りは四百万を切る。活動が順調でない場合、筆が遅い場合はもちろんもっと苦しいことになる。そして作家の世界には昇給もボーナスも福利厚生も失業保険もない。

だがそれでも、と仰る子供さんには、できれば兼業作家を目指してくださいと前置きしたうえで「学校できちんと勉強してください」と言う。「作家になるなら勉強なんかできなくても」というのは大きな間違いだ。

学生の本分は勉強である。本分を疎《おろそ》かにする人間の書く物に説得力などあるわけがない。そして、もう一つ必ず言うのは「ご両親や友達、先生など、あなたのそばにいる人たちとのふれあいや生活を大事にしてください」ということだ。これも勉強と同じ、自分の身の回りの人を疎かにする人間の書く物が他人の心に届くわけがない。

楽しいことばかりではないだろう。辛いことも悔しいこともある。だが、毎日を懸命に生きていくことが結局は一番大切なのだと思う。感受性の豊かな時代に頭でっかちに文章修業などしても大した意味はない。友達と楽しく遊ぶほうがどれだけいいかしれない。文章なんか下手でも作家になれる。私がいい見本だ。

毎日を大事に生きて、素直に書きたいものを書いて、もし運良く作家になれたら大事に生きてきた日々が自分を助けてくれる。――作家以外のどの道に進んだとしても。

勉強を疎かにし、毎日の生活を疎かにして小説ばかり書いていた若い頃、私はどれだけあがいても作家になれなかった。どうか今から作家を目指す若い人には、この愚かな轍《てっ》を踏まないでほしい。

（2012年6月）

【振り返って一言】　アニメ版『図書館戦争』でご縁があった声優の沢城みゆきさんともこういう話になったことがあります。彼女も若い人にアドバイスするとき、「挨拶がきちんとできるとか、人として当たり前のことが一番大事」と言うそうです。どこの世界でも大切な基礎の部分は同じ。

女性の元気さがバロメーター

先日、書店回りに出かけた。

書店回りというのは、主に新刊が発売された時期、作家が書店さんを訪れて「よろしくお願いします」と挨拶し、ご迷惑でなければサイン本を作らせてもらうという一種の営業回りだ（サイン本は取り次ぎにおいては汚損扱いになるので返本できない。だからあまりたくさん作るとご迷惑になることがある）。

私は自分が地方の出身なので、好んで地方の書店を回る。北海道、東北、関東、中部、関西、中国、四国、九州など、今まで様々な地域の書店に伺った。

そんな中、一つ揺るぎない法則があるなと思ったのは、「女性が元気なお店は売り場の勢いがある」ということである。

こちらが訪れたとき、「お待ちしてました！」「ファンなんです！」という女性が飛び出してくるお店は、例外なく売り場が元気だ。

もちろん、店長や社長がまず先に前に出てこられる場合もあるが、活気のあるお店は上司に対して女性が物怖《ものお》じせずに冗談を言ったりしているし、作家との歓談にも同席している。

考えてみれば、書店には女性の店員さんが多く、現場の女性が商品である本と最も触れ合っているのだから、選書や売り方のセンスにも優れている。女性が元気な書店は、上司である男性が現場の女性の力を信じて、任せているからお店も元気なのだ。

女性が元気なお店は、上司の男性も必ず素敵だ。女性がサインを入れる本をどうセレクトして何冊持って来ようが微動だにせず、にこにこと見守っている。サインを入れた本は返本できなくなるにも拘《かか》わらず、だ。

書店に限ったことではないかもしれないが、女性が元気なお店というのは、上司に器量があるのだろう。ときにはアルバイトの女性店員にさえサイン本のセレクトを任せる店長は、世の中で理想とされる上司の姿と一致している。理想の上司とは、部下に対して「責任は俺が取る。思う存分やれ」と言ってくれる上司である。

職場の女性が元気かどうかは、外部から見て最も分かりやすい勢いのバロメーターではないだろうか。管理職の立場にいる方は、ご自分のいるオフィスで女性がどんな顔をしているかを意識してみてはどうだろう。女性の笑顔が硬い職場は要注意かもしれない。

（２０１２年９月）

【振り返って一言】「よっしゃー、行くぜ、ついてこい！」と部下を引っ張るお祭り店長のお店も、売り場の女性がノリノリです。

観光地に「おもてなし」精神を

先日、高知県知事とお会いする機会があった。『県庁おもてなし課』が来年のＧＷ《ゴールデンウィーク》に映画化するに当たり高知県の観光振興への尽力を認め、感謝状を授与してくださるとのことだった。

作中では高知県の観光振興について、「観光部予算が県予算四千億の中のたった七億」と書いた。だが、本が発売されてからわずか二年の間に、その状況は大きく変わったらしい。今では他部署から「観光部は予算がいっぱいあってえいにゃあ」と羨《うらや》まれるほど優遇されているという。

「『龍馬伝』のときは観光が伸びたんでしょうか」私がそう尋ねたのには訳がある。高知県は昔からこの手の観光特需に乗っかるのがとても下手なのである。

知事は「観光客もそれなりに伸びましたが、最も大きな成果は県民の意識が変わったことです。『高知県って観光も行けるんじゃないか』と思ってくれるようになった」と答えた。

観光振興において最も足を引っ張るのは、「何もない」「つまらない」と地元を卑下する住民の意識である。住民がつまらないと卑下する土地に、一体誰がわざわざ行きたいというのか。

しかし、この意識を変えるのは実は最も難しい。それをなし得た県民と、その県民をこそ最大の成果だと言う知事をたいへん頼もしく思った。

その高知県が現在取り組んでいる観光対策がある。タクシー運転手の教育だ。これも目の付け所がいい。観光地においてタクシーとは、実は観光客の窓口になり得る重要な役割を果たしている。

以前、仕事である県に行った。移動にタクシーを使ったのだが、運転手が非常に残念だった。世間話として繰り出してくるのが地元の愚痴ばかりなのである。やれ、知事が悪い、代議士が悪い、役所が悪い。どうしてお金を払っている乗客がそんな愚痴を延々聞かされなくてはならないのか。

新幹線の駅をお願いしたのだが、タクシー乗り場の庇《ひさし》の下に入ってからもじりじり距離と時間を稼ぎ、停まる直前でメーターを一つ上げて「すみませんね」と卑屈に笑っていた。同行した担当編集と二人でげんなりしてタクシーを降りた。この土地には観光目的では来たくないなと思った。

観光地の価値は、そこに住んでいる人との出会いにも大きく左右される。そういう意味で、タクシーが観光振興で担う役割は大きい。ふるさとの着眼点を心強く思いつつ、こうした「おもてなし」精神を日本全国の観光地が共有してくれたらと願った。

（２０１２年12月）

【振り返って一言】 一番お金がかからないのに、一番難しいのが「意識の変換」。だからこそ、ここさえクリアできたら、いろんなことが前向きに転がっていくようになります。

悔やみ続ける「けっこう」

先日、出版社の営業氏と話していてこんな話が出た。

「最近、自分の好きなものを薦めるのに勇気が必要な世の中になっちゃいましたよね」

好きなものを薦めたはいいものの、「え〜、こんなものがいいと思ってんの？」とばかにされたらどうしよう、と思うとなかなか手放しで好きなものを好きだと公言できない……とのこと。

そこには「あなたのレベルってその程度？」と自己を否定されることへの恐れがある。

私は作家になって十年経つが、今でも一つだけ悔やみ続けているインタビューがある。デビューしてまもない頃だ。好きな映画を訊かれて、平成ガメラシリーズを挙げた。

私は平成ガメラシリーズが大好きである。『レギオン襲来』『イリス覚醒』は劇場まで観に行ったし、もちろん全作DVDを持っている。

それなのに、私はそのインタビューでこんなことを言っているのだ。

「そうですね、平成ガメラシリーズはけっこう好きですね」

何様だ！　と自分の言葉が載った誌面を見て打ちのめされた。あれだけ楽しませてもらった作品に、言うに事欠いて「けっこう」などという留保をつけるとは！

「けっこう」「まあまあ」、これらの言葉は「好き」につける留保だ。そこには自分の感性を否定されたときに逃げ場を作ろうという計算がある。

恐ろしいのは、私はそのインタビューで「けっこう」をまったくの無意識で使っていたということである。つまり、無意識のうちに「誰かから否定される」ことを恐れ、姑息《こそく》にも逃げを打とうとしているのである。

見も知らない誰かに否定されることが何だ。好きなものに上から目線の留保をつけて、それがもし作り手の目に触れたらどうなる。自分の好きなものを生み出してくれた作り手をがっかりさせることは確実だ。作り手を傷つけてまで仮想の否定から守りたいほど「自分」とはご大層なものなのか。

冒頭の営業氏の話に戻る。「それに引き替え、嫌いなものを主張するときって躊躇《ちゅうちょ》しない人が多いですよね」「毒舌はかっこいいという風潮があるからでしょうかねえ」

しかし、見ず知らずの人であっても、何かを口汚く罵《ののし》っている様は見ていて気分のいいものではない。やはり私は、「嫌い」よりも「好き」を躊躇なく主張する人のほうが素敵だと思うし、そういう人を見習いたい。

自分の姑息さを思い知った十年前の苦い失敗は、今でもその教訓として生きている。

（2013年3月）

【振り返って一言】 未だにこのときの「けっこう」は痛恨。きっと一生痛恨。「好き」を躊躇なく主張することを心がけたいものです。

お天道さまの言葉

以前、『鉄腕DASH!』という番組が好きだと書いた。

農業や漁業など、第一次産業に従事している人たちとの交流を多く取り上げていることが好きなポイントのひとつなのだが、視聴中に思わず頭《こうべ》が垂れてしまうような言葉に出会ったことがある。

新潟の米農家を訪ねたときのことである。TOKIOに米作を教えていた農家だったのだが、記録的な豪雨で畦《あぜ》が大きく崩壊してしまっている様子が紹介された。水田の水は流れ出し、稲の植わっていた田は干上がり、素人目にも修繕が大変そうだなと思うような状態だった。

「大変でしたね」と見舞いを述べるメンバーに、農家の老人は顔をしわくちゃにして笑った。

「いやぁ、こんなもの。東北のことを考えれば……」

あっと思った。被災地に比べれば「マシ」だと言ってしまうかなと思った。老人に悪意がないことは明白だが、もしそう言ってしまったら、揚げ足を取って苦情を言う人が出るかもしれない。

だが、続く言葉で私は浅薄な心配を恥じることになった。

「東北のことを考えれば、これくらいでへこたれてらンねえもの」

何という真っ当な言葉だろう。そして温かい。まるでお天道さまのようだった。

痛手を受けた人々を思うとき、痛手を重く受け止めようとするあまり、「それに比べたら自分なんかはまだマシだ」という言葉に着地してしまう人は多いと思う。

老人はまるで息をするように自然に「へこたれていられない」と言った。どんな物事に思いを馳せるときも、向き合うべきは自分自身だということを知っているからこその言葉だ。それは、人間の言い訳が何ひとつ通用しない「自然」と長年向き合ってきた人ならではの篤実《とくじつ》さかもしれない。

「お天道さまが見ている」という日本人独特の倫理観がある。「自然」と同じく言い訳が通用しないのは「自分」だ。どんなに上手にごまかしをしても、ごまかしたことを自分自身は知っている。

その老人は、自分をごまかす季節などとうの昔に通り過ぎたのだろう。

彼が歩いている季節にいつか自分もたどり着くために、その見事な言葉は心の宝箱にしまってある。

（２０１３年６月）

【振り返って一言】 このご老人の季節はまだまだ遠いです。自分の寿命が尽きるまでには何とかたどり着きたい。

攻撃的な見出しの裏側は

この春のクールで『空飛ぶ広報室』が連続ドラマになった。そしてその放映中に、ある媒体で書籍としての『空飛ぶ広報室』が取り上げられた。いくつか作品が挙がった中の一つである。

なかなか攻撃的な見出しがついていた。軍国主義的なエンタメが愛国心を煽っている、というような……（実際の文言とは変えてある。特定されないようにふわっと書いているので、気づいた方もそっとスルーしてほしい）。

ところが、実際に記事に目を通すと、これが毒にも薬にもならないというか、音だけ大きい屁《へ》のようなミのない内容なのである。見出しと合わせて考え、「なるほど」と察しがついた。

攻撃的な見出しがついてはいるものの、実際に取り上げられた個々の作品に対しては、レッテル貼りや分析を避けている。やんわりと「著者は軍国主義的な意図で書いていない」ことが記述されている。あまつさえ、結論は出さずに書評家のコメントを引用するだけの投げっぱなしで末尾を閉じている。攻撃的な見出しにまるで中身が伴わず、結果として屁のような記事になっているという寸法だ。屁のような記事にしたのは記者の苦渋の選択だろう。

社是にて左巻きという媒体である。おそらく、社会の右傾化を文芸・エンタメの視点で批判しろという指示が出たのだろう。記者の個人的な思いとは裏腹なものを書かねばならなくなったのではないかと愚考する。

作品や著者を不当に貶《おとし》めたくはない、しかし社是には逆らえない。攻撃的な見出しを掲げつつ屁のような記事を書くことでしか私たちを守れなかったのだろう。

私は読んで「苦しい立場で守ってくれているな」と思った。こんな頭の悪そうな記事を書いてまで……と頭が下がった。そして、ドラマ『空飛ぶ広報室』のとある台詞《せりふ》を思い出した。

「(テレビ) 局にもいろんな人がいますから」

繰り返すが、社是にて左巻きという媒体である。だが、中の人間がみな思想を等しくしているかといえば、否なのだろう。

ところで、もちろんこれは私の勝手な憶測である。攻撃的な見出しの裏側に記者の善意を読み取りたいだけの能天気な解釈だ。だが、万が一、批判記事を書いた記者に迷惑がかからないとも限らないので、皆さんも媒体の見当がついたとしても胸に秘めてくれるとありがたい。

（2013年9月）

【振り返って一言】 気づいたとしてもスルーしてほしい、という前提で後日談。「苦しい立場で守ってくださってありがとうございます」という伝言を編集者に託けたところ、無言で一礼されたそうです。

冷静に読めば記事に悪意があるかどうかは分かるものです。一方で悪意しかない記事というものも存在します。

首を傾げたくなる主張

先日、ある映画を観に行ったときの出来事である。

後から考えるにクライマックスまで後わずかという頃合いだったと思う。若い女性がいきなり立ち上がり、ブーツの踵《かかと》を高らかに鳴らしつつ外へ出て行った。わざと鳴り響かせているような靴音は、狷介《けんかい》な調子で館内に響き渡った。

思うに、映画の内容がお気に召さなかったのだと思う。あの乱暴に鳴らす靴音には明らかに「つまらないものを見せられてむかつく」という主張があった。

だが、その主張はそのときその場で館内に向けて行わなければならないものだったのだろうか。

確かに物語には好き嫌いがある。嫌いなものは拒否する権利が観客にはある。これがDVDであれば、途中で停止ボタンを押そうが、腹立ちまぎれに円盤を二つに割ろうが彼女の勝手だ。しかし、映画館という公共の場では、同じ空間を共有している第三者がいるのである。

彼女にとってその映画がつまらなかったことは事実だろうが、だからといって他人の観心地を台無しにする権利を彼女が持っているわけではない。

同じことは終映後にも言える。ときどき、聞こえよがしに観終えたばかりの映画を連れと貶《けな》しながら映画館を出て行く人がいる。自分がいかに映画に造詣が深いかを周囲に喧伝《けんでん》するような気配もちらりと見える。あれは一体どういう心理なのかと首を傾げたくなる。一緒に出口に向かう周囲の人たちに「映画に詳しくてすごいなぁ」と思ってもらえるとでも思っているのだろうか。たとえ同じようにつまらないと思っていても、良識ある人々は黙ってそれを映画館の外まで持っていき、同じ時間と空間を共有した人々を不快にさせないところで溜飲を下げるのだ。

ブーツのお嬢さんは、すらりと背が高くてスタイルが良かった。体にぴたりと合った服を着て、栗色の髪をきれいに巻き、まるでファッションモデルのようだった。だが、踵を踏み鳴らして出て行ったあのとき、彼女を素敵だと思った第三者はきっと誰一人いなかった。

つまらなかったという主張で見知らぬ他人からの軽蔑を買い、一体彼らは何を得るのだろうか。ネガティブな主張で自己アピールをしたいということであれば、それは自分の値打ちを下げていることにしかならない。まさか、自分がつまらなかったから他人を不愉快にさせて巻き添えにしてやれという気持ちではないだろうと信じたいが……

最後に、その映画は私にとってはとても面白かったことを申し添えておく。

（２０１３年12月）

[振り返って一言]　つくづく「嫌い」という主張は周りを幸せにしないなぁと思います。自戒も兼ねて。

小劇場の携帯

先日、懇意にさせていただいている役者さんの舞台を観に行ったときのことである。

座席数三百ほどの小劇場で、出演者は五人。なかなか難易度が高そうな脚本だった。淡々と物語が運ぶのでメリハリをつけにくく、観客を惹《ひ》きつけられるかどうかは役者の力量に大きく左右される。

だが、出演者たちはよく戦っていた。何が起こるでもない筋の中に感情の起伏をつけ、観客を物語に引き込んだ。

五人の人生がどう絡み合い、どこへ向かうのか、観客は固唾《かたず》を呑んで見守った。やがて劇場内の空気がぴんと張り詰める。クライマックスがやってきたことを観客の誰もが悟っていた。

臨月の妊婦が、孤独な男たちに自分の腹を触らせる。物語の中の紅一点、少しはすっぱな役柄だ。彼女は命を宿した自分の腹を男たちに触らせ、言葉を放つために静かに口を開く——正にその瞬間だった。

ブブブブッ・ブブブブッ・ブブブブッ……

（ぅおいッ！）——と満場の観客すべてが心の中で叫んだはずだ。マナーモードの携帯を鳴らしたそのたった一人の観客に向けて。見ると、壁際の立ち見席で若い女性が鞄を抱え込んで丸くなっていた。丸くなるくらいなら最初から電源は切っておいてくれ！

ブブブブッ・ブブブブッ・ブブブブッ……静まり返った劇場内に、マナー音は無情に鳴り続けた。観客の心は一つである。

（出てけ！）

大きなアクシデントにも拘わらず、女優は台詞をきちんと放ちきった。だが、彼女が何を言ったのか、聞き取れた観客はごくわずかだろう。私もまったく記憶に残っていない。たった一人で立ち見の彼女はクライマックスに大きな翳《かげ》りを落とした。居合わせた三百人の観客から感動を奪ったのである。

また、こんな話も聞いた。ドイツのある高名な指揮者のコンサートである。演奏中に、やはり携帯を鳴らしてしまった人がいた。すると指揮者は黙ってタクトを置き、無言で立ち去ったという。コンサートはそのまま中止になった。それもまた、たった一人が数百人の聴衆から感動を奪った事例である。

劇場で、コンサートホールで、あるいは映画館で。「携帯の電源をオフに」という注意は伊達《だて》ではないのだ。いたたまれないことにならないためにも、芝居や映画の上演前には携帯の電源を確認することを強くお薦めしたい。うっかりにしろ意図的にしろ、電源を切らずにいざ携帯が鳴ってしまったときは、居合わせたすべての観客から反感を買うこと間違いなしである。

（２０１３年12月）

【振り返って一言】　少なくとも、自分がコンサートを中止させる側にはなりたくないと思います。

先日、映画の途中でトイレに立たれたお客さんが、姿勢を可能な限り低くしながら出入りしておられました。映画館や劇場で、鑑賞の邪魔にならないように姿勢を伏せることが身についていらっしゃるのでしょう。携帯電話と並んで真似したい習慣です。

©ほしのゆみ

オリンピック選手への「ご意見」

詳しいわけではないが、テレビで放送していたら必ず観るくらいにはフィギュアスケートが好きなので、今季のオリンピックは楽しませていただいた。羽生結弦選手の金メダルはもちろん、男子全員の入賞は快挙だ。「ノーメダルの伝説のフリー」を審判に叩きつけた浅田真央選手は素晴らしかったし、鈴木・村上両選手も善戦してくれた。

ところで、明治天皇の玄孫《やしゃご》であり、JOC会長の息子であるというやんごとなきお方が、昨今流行りのTwitterで「予選落ちしてヘラヘラと『楽しかった』などと語った選手」にけしからんと苦言を呈したらしい。「国費を使っているのに何事だ」という理屈のようだ。

この方に限らずよくある論調である。国費は税金で賄われている。自分は税金を支払っている。すなわち、自分は選手のスポンサーでもあるのだから選手のあり方に意見する権利がある――という論理展開になるのだろうか。

あくまでも私個人の権利について考えてみる。確かに税金は払っている。収入に比して妥当な額を納めているとは思う。だが、私は冬季オリンピックの競技に関して、オリンピックシーズン以外も常に興味を持っているわけではない。オリンピックは楽しませていただいているが、あくまで開催中限りの「にわか」であるし、あまり強気な発言は憚《はばか》られる。冒頭で好きだと書いたフィギュアでさえ、不精が足を引っ張って試合会場に足を運んだことはないので、申し訳ない限りだ。

しかし、納税者である以上、オリンピックに関しては私も税金分くらいは意見する権利があるのでは？　では「税金分」とは一体どれほどの発言権なのか。

何でも、オリンピック選手団を派遣する費用はトリノのときで一億三千万円ほどだったという。日本の人口が約一億二千万として、納税者数はその半分ほどはいるだろうとざっくり仮定して計算してみよう。一億三千万円÷六千万人、一人頭の負担額はざっと二円だ。なるほど！　では、私はオリンピック選手に対して二円をスポンサードしており、二円分の発言権があるというわけだ。

それにしても、このやんごとなきお方のご意見は、二円分としてはいささか上から目線が過ぎるのでは？　と同じく二円の自分の発言権を行使してみたが、もしかするとオリンピックシーズン以外も熱心に支援している各競技のサポーターかもしれないので、あまり大きなことを言うのはやめておこう。

（2014年3月）

［振り返って一言］　人間なので常に完璧にというわけにはいきませんが、できれば分をわきまえた発言を心がけたいです。心がけたいことがたくさんあってたいへん。

「自称」全聾の作曲家

「自称」全聾の作曲家について、あるミュージシャンの意見を聞く機会があった。「NHKスペシャルを観たが、本当に音楽を作ってる人間なら、作曲のときは音楽を追うことに意識が集中するものだ。壁に頭を打ったり、余計な動作をすることに意識が向いたりしない。体を余分に動かすことで、音への集中が殺《そ》がれてしまう。しかも彼の動作は『カメラ映え』するものばかりだった」

音楽に携わっている人の素朴な所感は、その作曲家の「カメラ映えする動き」よりよほど説得力があるように私には思えた。

さて、この作曲家の罪悪はいくつにも及ぶ。何よりも大きな罪悪は、聴覚障害を騙《かた》ったことだ。これは「個人が責任を取れる範囲を大幅に逸脱した」罪悪である。

『レインツリーの国』という作品で、突発性難聴を患《わずら》ったヒロインを書いた。聴覚障害について調べ、東京都中途失聴・難聴者協会の方にも話を聞いた。取材を受けてくれた方は片耳だけわずかに聴覚が残っており、そちらの耳を常に私のほうへ向けながら、ずっと私の唇を見つめていた。片耳をこちらに向けているので、視線はいつも斜めになっていた。「あのー」とか「えーと」という曖昧な繋ぎの言葉は判読の妨げになると事前の下調べで分かっていたのに、ついつい曖昧な言葉を挟んでしまい、面目《めんぼく》ないばかりだった。

人間は会話の際に一体どれほど曖昧な繋ぎの言葉を挟んでしまうのか、そのとき初めて自覚した。そして、そうした曖昧な音が溢れている中で、残されたわずかな「聴こえ」を駆使している方の苦労と強さを知らされた。

聴覚障害について少し調べれば、この障害の苦労が「障害そのもの」の不便だけではなく、「障害が外見から分からない」不便との二重苦になっていることが分かる。彼らは外見だけなら健常者と変わらない。申告しないと障害に気づいてもらえないからこその苦労や危険に取り囲まれている。就寝中に火災報知器が鳴っても、自分一人では火災に気づくことさえできない。

かの「自称」作曲家は、「障害が外見から分からない」ことを逆手に取って全聾を詐称した。世間の人は当然「聴覚障害は詐称が可能だ」という認識を持つようになる。「障害が外見から分からない」苦労や危険を地道に訴えてきた聴覚障害者たちの努力を踏みにじり、「詐称する悪意」のほうが悪しきインパクトを以て蔓延《まんえん》してしまう。今後、すべての聴覚障害者がこの悪しきインパクトに苦しめられることになるのだ。

©ほしのゆみ

見た目でわからないコトは
多いけど
ファーストインプレッションは
見た目しか
ないから…
心くばりが大事だよなあ…
ウソはだめよね…

繰り返すが、責任を取れとは言わない。たかが自称作曲家ごときが責任を取れるレベルを大幅に逸脱しているからだ。ただ、恥じてほしい。「聴覚障害が外見で分からないことを逆手に取って詐称しました」と認めてほしい。

それでも聴覚障害者の今後の苦労が拭われるわけではないが、この自称作曲家に少しでも人の心が残っているのなら、ぜひそうしてほしい。

（２０１４年５月）

【振り返って一言】　その後『レインツリーの国』は２０１５年11月に映画化されました。原作者は製作委員会に出資していないので、本来は内容以外に意見する権利はないのですが、字幕上映をできる限り多くしてほしいとお願いしました。すると、製作委員会側も既にその方向で動いており、配給側と粘り強い交渉を続けてくれました（字幕上映は上映館の許諾がないと実現しないのです）。

また、同時期に公開された『図書館戦争 THE LAST MISSION』も同じくです。

もっとバリアフリー上映が進んで、交渉自体が必要なくなる世の中が来ることを願います。

機内で泣く赤ちゃんは

移動で飛行機に乗ることがままある。赤ちゃん連れのご家族がいると少し気持ちを身構える。――さて、泣くかな泣かぬかな。

飛行機に乗る機会が多いので、泣きじゃくる赤ちゃんと乗り合わせる機会も多い。泣き声をBGMに、赤ちゃんがどうして機内で泣くのかをつらつら考えた。

最初はジェットのエンジン音が恐くて泣くのかと思っていたが、これは違うなとすぐ却下した。エンジン音が跳ね上がるのは滑走路エンドから滑走を開始する瞬間だが、このタイミングでびっくりしたように泣き出す赤ちゃんはあまりいない（あくまで私の観測経験上だが）。

実は赤ちゃんが泣きじゃくるのは、上昇中と下降中に多いような気がする。上昇中に泣いていた赤ちゃんは、飛行機が水平飛行に入るといつのまにか泣き止んでいる。下降中に泣いていた赤ちゃんが、着陸後も全力で泣きじゃくっていることはあまりない。

もしかすると赤ちゃんは、気圧が変わって耳が詰まるのが気持ち悪くて泣いているのではないだろうか？　大人なら耳抜きをして終わりだが、理屈の分からない赤子にとって、突然耳が詰まって周囲の音が遠くなるのは激烈な環境の変化である。子供は耳管も狭いので伴う痛みも大人より激しいかもしれない。苦痛と恐怖を幼いなりに周囲に訴えているのではないだろうか。それが証拠に高度が一定を保っているときに泣いている赤子はあまり見かけない（あくまで私の観測経験上だが）。
自分としては腑《ふ》に落ちたので、機内で泣いている子供は理屈が分からないなりに耳抜きを頑張り中なのだと思うことにした。泣いている拍子に耳が抜けるかもしれないぞ、頑張れー、と勝手にエールを送っていると、大抵の泣き声は聞き流せるようになった。聞き流すのが難しい場合は、キャビンアテンダントに頼んで耳栓をもらえば解決だ。
お子さん連れで飛行機に乗っている保護者の方は、物は試しでお子さんが泣き出したら水を飲ませたり飴《あめ》を舐めさせてみてほしい。どちらも耳抜きに有効だ。効果があったらぜひ教えていただきたい。残念ながら私は子供がいないので、自分で仮説を確かめることができないのだ。こういうときは子供がいないことがちょっぴり寂しくなるが、よそのお子さんからもこうしていろんな気づきをもらえる。見知らぬ大人の人生まで豊かにしてくれる子供はまったく世の宝である。耳抜き頑張れー。

（２０１４年６月）

［振り返って一言］　あるお母さんから「子供と飛行機に乗るときはストローで吸うジュースを持ち込んでいます」という話を聞きました。耳抜き頑張り説、意外と有力か。

木綿のハンカチーフ

幼い頃、父の車でドライブに行くと、必ずカーステレオでかかっていた曲がある。

恋人よ、僕は旅立つ。東へと向かう列車で……そう、太田裕美さんの『木綿のハンカチーフ』である。

子供心にドラマチックな歌だった。ハンカチじゃなくてハンカチーフというところが何やら詩的だったし、歌詞の物語性がとにかく高い。吟遊詩人の物語を聴くような気持ちで一緒に口ずさんだ。

都会に旅立った青年と故郷に残った娘の恋文のやり取りである。青年は都会に希望を抱き、娘に素敵な贈り物を探すよと約束するが、娘はそんなものは要らないから都会の絵の具に染まらないで帰ってと訴える。

都会暮らしに慣れた青年は、きっと君に似合うと都会で流行《はや》りの指環《ゆびわ》を贈る。娘は指環よりあなたのキスがいいと手紙を返す。

季節が過ぎる。恋人よ、君は故郷で口紅一つつけない素顔のままかい？　僕は都会で立派になった。スーツ姿の写真を送るよ、なかなか素敵だろ？

いいえ、少年のように原っぱに寝転ぶ飾らないあなたが好きだったのよ。

そして青年はとうとう恋人に故郷に戻れないと告げる。君を忘れて都会に染まった僕を許してほしい。

娘は青年に初めて贈り物をねだる。それは涙を拭く木綿のハンカチーフだった……

澄んだ歌声を聴きながら、何てひどい男だろうと憤り、娘の悲恋に心を寄せた。

だが、大人になってからこの歌を思うと、青年のほうにも同情が浮かんできた。

スワトウのハンカチとかリクエストしたらダメダメ☆
細かい刺繍のはウン万円…
©ほしのゆみ

きっと志を持って上京し、就職したはずである。仕事を頑張り、給料を貯めて、さっそく恋人に指環も買った。ところが恋人は喜んでくれず、ひたすら寂しがるばかり。

自分が青年の立場だったら、これはやるせない。志が高ければ高いほど、仕事に打ち込む自分を恋人に認めてほしいはずだ。ところが恋人は仕事に理解がなく、辞めて帰ってきてと切なく訴えるばかり――

僕は都会に染まってしまったと別れを切り出す青年の手紙は、変化を拒む恋人への最後の思いやりではなかったか。

どうして都会で頑張っている僕を認めてくれないんだ。君がそんなだから気持ちが冷めるんだ。そんなふうに詰《なじ》る言葉を飲み込んで、ペンを走らせたのかもしれない。あの人は都会に染まってしまったから仕方ないと、彼女が静かに別れを受け入れられるように。

昔、一途な女性の悲恋の歌だった『木綿のハンカチーフ』は、いつしか優しい恋の始末の歌に聴こえるようになった。

音楽にせよ物語にせよ、力のある作品は年を経ると万華鏡のように新たな角度を見せてくれる。それを楽しみに、自分の人生で出会った作品たちを大切にしていきたい。

（２０１４年８月）

【振り返って一言】 色んな年代から振り返れる作品を作るのは多くのクリエイターの夢だと思います。私も頑張ろう。

「雑音」と「騒音」の違いは

宣伝・広告の手法は昔からさまざまなものが考えられているが、一頃《ひところ》の東京で「何とまあ暴力的な手法か」と呆《あき》れたものがある。

派手な宣伝トレーラーがCM音源を延々垂れ流しつつ街を徘徊するというものである。意図的な音の発生しない雑踏にトラック積みの巨大スピーカーがやってきて、意図的な音源を破壊的な音量で流すのだから、耳目《じもく》を集めるという意味では確かに効果がある。

目は閉じることができるが、耳は閉じることができない。視覚に訴える宣伝・広告は、目を逸らすことで「見ない」という選択が可能だ。だが、聴覚に訴える宣伝・広告は、その音だけを選択的にシャットアウトすることはできない。

件《くだん》の宣伝トレーラーは、音による空間の暴力的占拠であった。テレビやラジオの宣伝ならスイッチを切ればいいが、宣伝トレーラーではそうはいかない。トレーラーが立ち去るまでその場に居合わせた人々は暴力的なCM音源を耳に入れるほかなく、トレーラーが渋滞に嵌《は》まったりすると、眉をひそめて自分がその場を離れるしかない。

私は乗っていたタクシーがたまたまその宣伝トレーラーの数台後ろについてしまい、トレーラーがこちらのルートから離れてくれるまで同行者と車中で話もできずに往生した。いわゆる「街宣車」の宣伝・広告版というべきか。だが、これが宣伝・広告として効果があるかといえば、話は別だ。

公共の場で意図的な音を求める人はいない。雑踏の物音——行き交う人々の話し声や、車や電車などの交通音は、雑音ではあるが騒音ではない。雑音に聞けと強いる不作法は存在しない。路上ライブなども極端に音を増幅する機械を使っているわけではないし、自分がそこを離れたら追いかけてはこないので、たとえ好みに合致しない音楽でも騒音には当たらない。

礼節をわきまえず、巨大なボリュームで聞けと強いる音は、暴力である。暴力を手法として取り入れた宣伝・広告に好感を持つ人が果たしているだろうか。音を使った宣伝・広告は、届ける力が強い分、よくよくの配慮が必要である。

一つだけその宣伝トレーラーが教えてくれたことがある。聞けと強いる意図がない街の無秩序な「雑音」がいかに心地よいものか、ということだ。だが、それはもう重々噛みしめたので、復習のためにもう一度出動していただくには及ばない。

（２０１４年12月）

【振り返って一言】 最近はだいぶ減ってくれて、ありがたい限り。

文庫化のタイミング

数年前、とある人気作家の作品が映画化された折り、「漢《おとこ》だな！」と唸《うな》る一件があった。

その作品は、映画化にタイミングを合わせた文庫化をしなかったのである。

さて、ここでこのいきさつのどこがどう漢かを説明せねばなるまい。

小説というものはまず四六判《しろくばん》という判型で単行本新刊として出版され、二～三年後に文庫化するのが基本の販売形式だ。

だが、映像化されると原作が売れる。廉価な文庫になっていればなおさらだ。

そうなると、単行本で出版して間もない本でも「早めに文庫に落として売れ！」となる。

その作品も文庫化には早かった。まだまだ単行本で売り伸ばせる力を持った本だったが、映画化のタイミングで文庫にしてしまうかな――と人様の本ながら残念に思っていた。

だが、その作家は文庫化を踏みとどまった。映画化という大きな販売機会を敢えて見過ごし、単行本として地道に売り伸ばすことを選んだのである。

出版業界において、単行本を売り伸ばすことは業界を支えるために（平たく言えば運転資金を稼ぐために）とても大切な作業である。最初からすべての本を廉価な文庫で売ればいいというご意見もあるが、単行本という形態を辞めてしまったら、新人作家を育てることがとても難しくなる。

何故なら、文庫は毎月厖大《ぼうだい》な数の新刊が出て、前月の既刊と入れ替えられる。その入れ替えはどうしても流れ作業的にならざるを得ない。無名の新人がわずか一ヶ月の間に実績を出して平台に残してもらうことは極めて難しい。「売れなかったから次の本は部数減で」のループにはまってしまう。

単行本は販売展開にもう少し融通が利く。文庫に比べれば毎月の発行点数が少ないし、書店員や出版社の「この作品は長く売りたい」という思い入れが発揮しやすい形態なのだ。

新人が育ってくれないと、出版業界は先細りである。新人育成も含めて出版社が未来へ投資する資金を稼ぐことは、売れている作家の義務である（ここで下手な謙遜をしても厭《いや》味《み》にしかならないので、自分のことも現状では売れている作家に数えさせていただく）。

文庫化のスパンが短すぎると、お客様は単行本を買ってくれなくなる。ちょっと待てば文庫になると思えば買い控えて当然だ。

そこへ持ってきて、その漢な作家さんの決断は嬉しかった。業界全体のことを思って踏みとどまってくれ

©ほしのゆみ

一つの商品でできるだけ長く稼ぎたい・できるだけ利鞘《りざや》のある商品を売りたいというのが商業上のセオリーだということは、働いている人ならご理解いただけると思う。そして、出版業界もそのセオリーに則って動いていることは、他業種と同じだ。

「でも、最初は高い単行本で売って、後から安い文庫を出すなんてずるい」そう仰る方に思い出していただきたいのは、時間とお金は反比例するという資本主義社会における大原則だ。例えば電車。鈍行は安い。しかし、時間がかかる。移動に時間をかけたくない人は、特急を使う。つまり、時間をお金で買っている。「早さ」というサービスを受けようとすると、その分お金がかかるのである。

本も同じだ。単行本は高いが、発売と同時にすぐ手に入る。文庫は廉価だが、手に入れるのは数年先になる。

また、すべての本が文庫販売になったら、新人作家を育てられないという問題もある。文庫は毎月厖大な数の新刊が出て、前月の既刊と否応なく入れ替えられる。無名の新人がわずか一ヶ月の間に実績を出すのはほぼ不可能だ。とても生き残れない。

単行本はもう少し融通が利く。文庫に比べれば毎月の発行点数が少ないし、書店員や出版社の「この作品は長く売りたい」という思い入れが反映しやすいのだ。

未来への投資にはお金がかかる。それは出版業界も同じだ。どうかご理解いただきたい。作家も出版社も「早く読みたい」「単行本の形で手元に置いておきたい」と思っていただけるような素敵な本を、と鋭意努力しているので、それを汲んでいただければ幸いだ。

皆さんはご都合に合わせて単行本や文庫を選んでいただければと思う。あなたが新刊書店で一冊本を買ってくださるたびに、出版業界は未来へのご支援を賜っている。新たな人気作家が出るごとに「自分が育てた」と大いに誇っていただきたい。（2015年3月）

【振り返って一言】 いつも書店でのお買い物ありがとうございます。私の本に限らず、雑誌や漫画や実用書、どんなジャンルの本でも、出版業界と書店さんにお金が回ります。未来の本を作るために、リアル書店を支えるために、どうぞ地域の書店さんをご利用ください。

るんだ。そんなふうに詰《なじ》る言葉を飲み込んで、ペンを走らせたのかもしれない。あの人は都会に染まってしまったから仕方ないと、彼女が静かに別れを受け入れられるように。

昔、一途な女性の悲恋の歌だった『木綿のハンカチーフ』は、いつしか優しい恋の始末の歌に聴こえるようになった。

音楽にせよ物語にせよ、力のある作品は年を経ると万華鏡のように新たな角度を見せてくれる。それを楽しみに、自分の人生で出会った作品たちを大切にしていきたい。

（2014年8月）

【振り返って一言】 色んな年代から振り返れる作品を作るのは多くのクリエイターの夢だと思います。私も頑張ろう。

たことがよく分かった。単行本のまま、映画化で部数を伸ばしたと聞く。きっと文庫化の際もここで粘ったことが部数に上積みされることだろう。

手前味噌で恐縮だが、私も販売機会を見過ごして単行本で粘ったことが何度かあるので、その作家さんには勝手に共闘意識を抱《いだ》いている。

きっと私たちが粘ったお金が次世代の新人を育てる資金になっているに違いない。読者の皆々様も強力な支援者だ。単行本、文庫、雑誌、漫画——新刊書店で本を一冊買うごとに、皆さんは出版の未来に投資してくださっている。毎度ありがとうございます。

（２０１４年12月）

【振り返って一言】　漢な作家さんは三浦しをんさん。作品は『舟を編む』（光文社）でした。今は文庫化していますので、漢な心意気に応えたい方は、書店さんへＧｏ！

未来への投資

先日、書店員さんと話をする機会があった。

いつも元気な方だが、その日はちょっと疲れているようだった。聞くと、その日発売された人気作家の単行本新刊について「文庫はないんですか」と訊かれたという。

ここで意外と一般の皆さまには曖昧に認識されている小説の販売形態について説明する。

まず四六判という判型の単行本が出る（表紙に固いボール紙を使っている本が多いことからハードカバーと呼ばれることもある）。小説における「新刊」とは概《おおむ》ねこの四六判単行本を指す。この単行本が二、三年すると文庫化する。

つまり、単行本の新刊と文庫が同時に発売されることは、イレギュラーな販売形態なのだ。

だが、コンパクトであり価格が安いことから、文庫を好むお客さんも多い。書店員さんは「今日、単行本の新刊が出たばかりなので、文庫化は数年先です」と説明したが、なかなか理解してもらえず、最後はお叱りの言葉を賜ったという。

最初から全部文庫で出してくれたらいいのに、というご意見はよく聞く。それはお客様からすればごもっともだ。しかし、出版社側にも出版社側の事情があることをどうかご理解いただきたい。

観る権利も観ない権利も尊重を

映像化しないでください！　というご意見に対して、一度しっかりご回答を差し上げておこうと思う。

そのご意見を受け入れることはできない。なぜなら、映像化は作品を生み出した作者と、作品を出版した出版社に与えられる、事業展開の権利の一つだからである。

私は職業作家であり、出版社は営利企業だ。私の作品は、私にとっても出版社にとっても資材である。資材をどのように活かして商《あきな》いを動かすか、ということは、私の作家人生を左右するし、出版社の経営を左右する。

私の稼いだお金は、私が本を順調に出せなくなったとき、収入のない期間を支える資金となる。資金があればこそ、いかなる状況においても「自分の書きたいものが書ける」「望まないものを書かない」という権利を確保することができる。私は幸運にもその権利を手に入れており、それを放棄するつもりはない。

また、出版社の稼いだお金は、未来の本を出すため、未来の作家を育てるための資金になる。これも大切なお金である。これを稼ぐための選択を放棄することもあり得ない。

出版不況が嘆かれて久しい。私が自分の好きなものを書くためには、出版業界に元気でいてもらわなくてはならないし、業界を元気にするために、自分の資材を出し惜しむことはしない。「映像化」の帯があると、書店が本を売りやすくなる。売り上げも実際に大きく変わる。これはもう、絶対の真理である。だから私は、どれだけ懇願されても、オファーがある限り絶対に映像化の可能性を捨てることはない。自分の資材で最大限の商いをするのは、全ての商売人に与えられた権利である。それは、一部の読者さんに、脅迫かと思うような激しい言葉で要求されようとも、放棄することはできない。

ただし、私は、作品を愛してくれる制作陣に預けるという絶対条件は欠かさない。だから、私の作品の映像化は、どれも必ず「私が望んだもの」だ。なので、「有川さんは映像化に利用されている！」というご意見は全く該当しない。

もちろん、読者さんにも権利がある。映像化作品を「観ない権利」だ。原作だけでイメージをとどめておきたい方は、映像化作品を「自分の世界においては存在しないもの」としてシャットアウトする権利がある。

©ほしのゆみ

一方で、読者さんには「観る権利」もある。観る権利も観ない権利も、等しく尊重されるべきである。観る権利を行使したい方のために、「映像化を楽しみにすることが肩身狭く思えてしまう」ような論調は、どうかお控えいただきたいし、観ない権利を行使したい方のために、「映像化をシャットアウトすることが肩身狭く思えてしまう」ような論調も、どうかお控えいただきたい。

（２０１５年９月）

【振り返って一言】　映像化スタッフやキャストに対して、あまりにも暴力的なご意見を頂戴したときに書いた一本です。自分の見知った人を罵られて辛くない人はいないと思います。作家も同じです。

同時に、映像から作品を知ったお客さんに「あの作家のファンは乱暴だ」と眉をひそめられてしまうのも、私にとっては辛いことです。自分の読者さんが嫌われてしまうことが辛くない作家もいません。一人の暴言で他の読者さんにも悪いイメージをつけてしまいます。

「人は人、我は我、されど仲良し」。

「観る権利」と「観ない権利」、どうかお互いを尊重してください。

「嫌い」と公言 慎みたい

「『好き』で繋がる共感はいろんなものを生み出すけど、『嫌い』で繋がる共感はいろんなものを壊していく、と思ってます。だから、僕は『嫌い』『マズイ』はほとんど言わないようにしてます」

知り合いの演劇製作の方が昨今流行りのＴｗｉｔｔｅｒで呟いていた言葉である。心洗われた。

私もいつの頃からか公共の場でネガティブな感想は発信しないように心がけるようになったが、改めてそれを自分に言い聞かせた。公共の場というのはインターネットも含まれる。

『好き』も『嫌い』も主張するのはたやすい。だが、公共の場で主張したとき、『好き』はいくら主張しても誰も傷つけないが、『嫌い』の主張はそれを好きな他の誰かの感性を否定し、傷つける可能性がある。私は臆病者なので、誰かを傷つける可能性を背負ってまで公の場で『嫌い』を主張する勇気はなかなか持てない。

私の基準は、「本人を目の前にしても同じことが言えるかどうか」である。

聖人君子ではないので、好きになれない作品・人物はもちろんある。だが、それに関わる本人を前にして「私はあなたが嫌いです」と言えるかと自分に問うたとき、イエスと答えられないなら公に発言しないことをモットーにしている。

本人を前に言えない程度の『嫌い』でしかないのなら、わざわざ公に放って波風を立てたり、それを好きな人を傷つけたりすることもないだろう——とたいへん小市民的な結論に着地してしまうのである。

自分の嫌いなものに世間的にも『ダメ』の烙印を押さねば気が済まない——というほど負の自意識に身を委ねたくはない、というなけなしのプライドでもある。発言するからには腹を括《くく》らねばならないというなけなしの責任感も少々。

ちなみに、私はうっかり好きな作家として名を挙げると一部の高邁《こうまい》な読書家に鼻で笑われてしまう作家である。それこそ「あんなのが好きなんて感性を疑う」と言われてしまうレベルらしい。

だから、ネット上でプロフィールなどに「好きな作家…有川浩」と書いて下さっている方を見かけると、「バカにされてしまうかもしれませんよ、大丈夫ですか」「進学や就職の面接では言わないほうがいいですよ」と勝手にそわそわしてしまうのだが——勇気を持って私の作品を『好き』と主張して下さっているのだなぁ、といつも感謝の念が絶えない。

（2015年3月）

【振り返って一言】 言霊は大事にしたい。ネガティブな言葉は、他人に放ったつもりでも、自分の魂にダメージが蓄積していくものだと思います。

逆に、ポジティブな言葉は、自分にパワーを蓄積してくれます。

自作解説 in 2006

●『塩の街』

私の小説の突飛な設定は、いつも単純な思いつきから生まれます。電撃小説大賞を受賞したデビュー作の『塩の街』もそうでした。発想のきっかけは、海のそばで育ったので馴染み深かった「塩害」という言葉です。「塩害」とは塩分が農作物に与える被害のことですが、字面だけ見てみると面白い言葉だとあるとき気がつきました。その意味を知らなかったことにして、「もしも塩の害が人間に感染する病気みたいなものだったら?」と考えたんです。

女子高生の真奈《まな》と元自衛官の秋庭《あきば》という、普通なら出会うはずのないふたりが、「塩害」のせいで一緒に暮らすようになる。当初はこれからふたりの関係がどうなるか分からないというところ、文庫本でいうと「Ｓｃｅｎｅ３」までで終わっていました。後半を書いて現在の形になったのは、真奈が好きになった人をちゃんとつかまえるまでを描きたかったからです。恋愛小説の要素も、この頃からありましたね。

デビュー当時の出来事で一番印象に残っているのは、担当さんに「あなたは好き嫌いがすごく分かれる作風だから」と言われたことです。電撃文庫にはあまり恋愛を真正面から書いた作品がなかったし、その他諸々受け入れられるかどうか瀬戸際の部分があると。その言葉を聞いたとき、仕方ないなと思ったのをおぼえています。嫌われるのは辛いですが、恋愛は切り捨てたくなかったし。自分はこの道を行くしかないという覚悟も、だんだん固まっていきました。覚悟固まっても痛いもんはまあ痛いんですけど（笑）。

恋愛の描き方については、特に少年漫画の影響を受けていると思います。たとえば『パイナップルARMY』（作 工藤かずや、画 浦沢直樹／小学館）。主人公が元傭兵《ようへい》で内容はすごくハードなんだけれど、元狙撃兵で仲間以上恋人未満の女性といい感じになるシーンがある。いつもは格好よく闘っているのに、たまにそういう甘い場面を見せられると弱いんです。ドキドキしてしまう。そういう原体験が、今の作風につながっているのではないでしょうか。

●『空の中』

成層圏は唯一人間の探索がほとんど入っていない空域という話を耳にして思いついた話が『空の中』です。そこに目に見えない巨大生物がいたら面白いなと。「電撃小説大賞」の受賞者はすぐに第二作に着手することになっていて、『塩の街』が発売される頃にはほぼ出来上がっていました。

まず、この作品にとって一番幸運だったのは、書く直前に宮崎弥太郎さんと知り合う機会があったことです。弥太さんは、高知県の仁淀川《によどがわ》でほとんど唯一残っている、魚を獲って生計を立てている漁師さん。土佐弁を使うこんなにカッコいいおじいさんがいるんだなと思って、登場人物のモデルになっていただきたいとお願いしました。老人がひとり関わってくることは最初から決めていたのですが、舞台を自分の生まれ故郷でもある高知にしたのは、弥太さんとの出会いがあったからです。作中に出てくる宮じいは弥太さんだと言い切ってしまってもいいくらい。読者さんには、宮じいはカッコよすぎて反則だなんてことも言われましたね。確かに作中で重要な役割を担っている航空事故調査員の高巳《たかみ》よりも、おいしいところを全部持って行っているかもしれません。

　ほかにもいろんな幸運が重なりましたが、やはりハードカバーで出版できたことは大きかったですね。原稿が出来上がってからお話をいただいたときは驚きました。「前例はないし、もしかしたら損をさせてしまうかもしれない。でも、ついてきてほしい」という担当さんのあまりにも潔い言葉に胸を打たれてお任せしたのですが、それからはいろんな形で押し上げていただいて。全力で売り出してくださった出版社の皆さん、協力してくださった書店さん、いち早くプッシュしてくださった大森望さん、支えてくださった読者さん……皆さんの力が合わさった結果、ライトノベルとして書いたのに本来のライトノベルのターゲット以外の方にも気に入っていただけました。『空の中』の成功は皆さんのお陰でいただいた奇蹟だと思っています。

●『海の底』

ホラを吹くために周囲の事実関係を詰めていく。そういう書き方が自分には合っているし面白い。と、いうことに『空の中』を書いたとき気がついて、『海の底』で定着しました。書きはじめる前に担当さんに送ったプロットは「横須賀に巨大甲殻類上陸、潜水艦十五少年漂流記、密室」という感じ。今思えば、そんな箇条書きだけでよくOKしてくださったなぁと思います。もうこの頃にはプロットを出さない奴と諦められてたかも（笑）。

　潜水艦が舞台になるので、まずは海上自衛隊の組織図や慣行を調べました。それからタイムシークエンスを作り、巨大甲殻類が襲ってきたとき、行政や自衛隊や警察がどんなふうに動くのか、友人の協力でチャットを使ってシミュレーションしてみたりもしました。現実に存在する組織を出すときは特に、分からない部分を想像で補って書いてはいけないので、ある一行が事実かどうか確かめるためにすごく時間をかけたりもしましたね。納得がいくまで調べて、小説に反映させる部分はごくわずか。ほとんど捨てています。リアリティの詰め方があまりにも本格的になってしまうと、気軽に楽しみたい読者さんも、書いている私も窮屈ですから。最低限ありえるかなと感じられる、「ほどほどアクチュアル」が私の路線にはいいかなぁ、と。

　作中に絶対入れたかったのが、潜水艦に立てこもったメンバーのうち女子高生の望《のぞみ》が生理になって、自衛官の夏木と冬原ができるだけの気遣いをするシーン。なぜかというと、自分が阪神・淡路大震災を経験しているからです。当時私が住んでいたのは、幸いにもあまり被害の大きい地域ではありませんでしたけど、それでもいろいろ苦労はありました。なかでも一番心配だったのが生理のこと。「もしこれよりも酷い状況で生理がはじまったら、どうしたらいいんだろう？」と思ったんです。そういうことって家族でも話しづらい雰囲気がありますが、災害が起こったときには、男性にも身近な女性が困っていないか、ぜひ気にかけていただきたい。そんな願いもこめています。

●『図書館戦争』

『図書館戦争』に関しては、とにかく「急いで書かなきゃ」と焦っていたおぼえがあります。アイデアの元になった「図書館の自由に関する宣言」が、こういう言い方をすると失礼かもしれませんが、物語の素材として非常に魅力的だったので。どこの図書館にも掲示してありますし、早く書かないとほかの人に使われてしまうと思いました。そんなわけで、まだ『海の底』を書いている途中だったにも拘わらず、担当さんに「次はこれで行きます」と宣言したんです。

初めてシリーズ化を前提にしたこの作品では、私の中にあるコメディの引き出しを開けてみました。前三作がシリアス路線だったので、ミリタリー要素はありつつも笑えるものにしたいと。ヒロインも良い子系が続いていたので、郁《いく》はおバカなタイプにしました。書いていてすごく楽しかったのですが、第一稿は差し戻されたんです。なぜかというと、「郁の言葉使いが悪すぎる」と。私からするとこれくらいならば当然許されるだろうというレベル、しかもいつも自分が喋っているレベルだったのですが……。担当さんをはじめ、友人知人にも駄目だしされました。「自分は今まで大人として駄目だったのか」と、ちょっとショックでしたね。

　会話の掛け合いはあまり考えないで、脳と指が直結しているような感じで書いています。すごく小さい頃からお話を作っていたから、訓練でそういう状態になっている。むしろ悩むのはシーンの作り方ですね。シーンさえ浮かべば、言葉はパパパパッと出てきます。後半に出てくる「稲嶺司令の脚」のシーンは会心の一場面です。ネタバレになってしまうので詳しくは説明できないのですが。

　この本を出してから、現役の司書さんにお礼の手紙をいただいたりもしています。ただ、現在の図書館の状況と『図書館戦争』シリーズの世界は別物なので。現実と重なる部分があればニヤリとしながら、あくまでもフィクションとして楽しんでいただければうれしいです。

●『図書館内乱』

　シリーズものに初挑戦ということになりましたが、二冊目の『図書館内乱』は、作者の私も予想していなかった展開になりました。

　まず、このシリーズの背景には本を守る図書館と検閲するメディア良化委員会の対立構造があって、さらに図書館内でも派閥が分かれているというところまで前作では書いたのですが、新しい登場人物が出てきて組織同士や内部の争いが単なる二項対立ではないことがだんだん明らかになっていきます。自分はどんなにおかしいと思っても、異なる立場の人から見れば正しいこともある。それぞれの立場の人に信じることや言い分があって、いろんな方面から自分の目的にアプローチしていることが書きながら分かりました。

また、メインキャラクターについても意外な一面が次々とあらわれて。たとえば郁の教官のひとりである小牧《こまき》がなぜ正論好きになったか、この作品で分かります。コンビを組んでいる堂上《どうじょう》に冷静に茶々をいれるようなキャラだったので「純情なところがあるんだ」と驚きました。それから、郁の同期で優秀な手塚《てづか》にも兄との複雑な関係があることが分かって「それでああいう性格になったんだね。大変だったね」と。毒舌美人の柴崎《しばさき》が郁と仲よくしながらときどきいじめたくなる心理も描いています。シリーズがまだ続くということもあり、郁と堂上のカップルは簡単にはくっつきそうもないですが。書いていくうちに、ひとりひとりのキャラクターに愛情が深まっていくのを感じました。

って他人事《ひとごと》のようにキャラについて語っているのは、私にとっても彼らの一面が新発見だったからです。私にとってはキャラクターって大雑把な設定は作るけど基本的に他人なんですよ。書いてみて初めて分かる、みたいな。郁みたいに最初から隠す気ない奴とか、堂上は隠してるつもりでバレバレだし、手塚や柴崎や小牧は見せたがらない奴ですね。手強い。

私にとって物語は、大雑把な出発地と行き先だけが決まっている旅のようなものなんですね。たとえば九州からスタートして北海道に行くとして、交通手段は何を使っても自由、資金も上限なし、誰と行くかも自由。九州のどこから出発してもいいし、北海道ならどこを終点にしても構わない。そういう感じで書いています。緻密な地図を作れないので、シリーズが最後にどこにたどり着くのか、今は私にも分かりません。

●『レインツリーの国』

この作品は、初めて飛び道具が出てこない、純粋な恋愛小説です。『図書館内乱』で『レインツリーの国』というタイトルの本が出てくるエピソードを書いたときに、中途失聴や難聴について調べたり、回復はしたけれども家人が耳の病気になったりということがありまして。どうしても中途失聴者のヒロインを軸にした小説を書きたくなったんです。そこで以前から声をかけてくださっていた新潮社の方に企画を持ちかけ、出版社の垣根を越えたコラボレーションが実現しました。

主人公の伸《しん》とひとみが十年前に読んで衝撃を受けた本をきっかけに、物語は動きだします。実は私にもそういう忘れがたい本があるんですね。それは笹本祐一さんの『妖精作戦』シリーズ（ソノラマ文庫／現在創元SF文庫）。とにかくあの作品の結末を読んだときは、ショックでショックで。当時の友人の中には「作者に裏切られた」と言って怒る人もいたんですよ。でも月日が経つにつれて、「ああ、あのラストじゃないといけなかったんだな。やっぱり名作だな」と思えるようになりました。物語は自分にとって気持ちがいいものとは限らないということを初めて突きつけられ、人生とはままならないものだと教えられたような気がします。本書はデビュー当時から好きだ好きだと言っている小説に捧げたオマージュでもあるんです。

　伸とひとみは本の感想を書いたホームページを介して知り合い、お互いに惹かれあっていく。最初は顔も本名も知りません。メールの文章で素の自分をさらしあったということしか、信頼できるものがないふたりなんですよね。いつでもどちらからでも切れる関係。だからジタバタするんですけれども。もし実際に会って好みじゃなかったら？　相手が自分のことをそこまで思ってなかったら？　いろんな焦りや葛藤があるんですよね。

　また、全日本難聴者・中途失聴者団体連合会の皆さんにも取材で大変お世話になりました。

●『図書館危機』
『図書館危機』は担当さんによればシリーズ最高傑作だそうですが、どの辺がそうなのか自分では分かりません。あんまり期待しないでください。チキンな狂犬なんでプレッシャーに弱いんですよ（笑）。ていうか完結巻じゃないのにそのコメント出されるの辛いー！　前作があまり動きがなくて静かな話だったので、今度は派手なドンパチを持ってきたり、図書隊の隊長・玄田《げんだ》と「週刊新世相」の編集者・折口《おりぐち》のコンビにスポットを当てたりしています。郁も少しは成長しているのではないでしょうか。「電撃ｈｐ44号」に掲載された「図書館内乱後夜祭　昇任試験、来たる」も収録しています。

●『クジラの彼』

今まで『野性時代』で発表させていただいた自衛隊ラブコメシリーズを一冊にまとめました。最初私は『国防ラブコメ』というタイトルを提案していたのですが、単行本の担当さんが「それでは新しい読者さんに広がらないから『クジラの彼』にしましょう」と。結果的にはそれでよかったと思っています。というのも、自衛隊の幕僚監部の方にお話を伺う機会があって「自衛隊を舞台に読み切りの連作ラブコメを書いています」と申し上げたら相好を崩して喜んでくださったんです。「自衛官も恋をしたり、結婚したりしている。そういう普通の人間の一面があることを書いてやってください」とおっしゃっていたので、自衛隊に興味のない方にも手にとっていただきやすいほうがいいだろうと。

収録作品は全部で六編。中でも表題作の「クジラの彼」と「有能な彼女」は『海の底』の、「ファイターパイロットの君」は『空の中』のスピンアウトものです。特に「有能な彼女」では、『海の底』の途中で強くなった望が恋愛相手としていかに面倒くさい女かということを書きたいと思いました。ほかは、航空自衛隊ものがひとつ、陸上自衛隊ものがふたつ。「ロールアウト」は男子トイレが通路になっているという雑談から、「国防レンアイ」と「脱柵エレジー」は元陸上自衛隊のレンジャーだった方の恋愛話からヒントをいただきました。

どれも個人的な伝手《つて》をたどって伺った話が元になっていて、本格的な取材をして書いたのは今後『野性時代』に掲載されることになると思いますが、ひとつだけ今回の収録作品に活かしたことがあります。あるとき自衛隊に行って恋愛の話を聞かせてくださいとお願いしたら、集められたメンバーの中に頑《かたく》なな感じの男の子がいたんです。何か質問すると「自分は別に」とか「付き合うんだったらきれいでスタイルの良い子が楽しいし」とか、ちょっとすれたコメントをするんですね。その態度を見て妄想が膨らみまして。もしかして昔、恋愛でちょっと痛い目に遭ったんじゃ？　とか密かに思ったり。妄想されるほうもいい迷惑ですね（笑）。その妄想上の彼が他の方に聞いたお話と絡まって「脱柵エレジー」の主人公になりました。どうもお話を伺っていると男性のほうが心の中に柔らかい部分を隠し持っているような気がしますね。

　そんなわけで、舞台はすべて自衛隊ですが、それぞれ読みごこちの異なる作品が収録された短編集です。周囲の人に読んでもらって驚いたのは、お気に入りの一作が全員ちがうこと。いろんな恋愛をアソートみたいに楽しんでいただけたらうれしいです。

（２００６年12月・談）

【振り返って一言】 まだ『図書館戦争』シリーズが完結する前の原稿です。当時の作品に対する思いってこうだったのか、と新鮮な気持ちで読みました。昔の自分のことばが、今の自分に何かを教えてくれるということは、けっこうよくあります。

すべての作品が今の私に繋がっています。どれが欠けても次の本は書けないなと痛感します。

だから「こんなものを書く暇があったら○○を書け」「こんなことをしている暇があったら○○を書け」というようなことは仰らないでくださるとありがたいです。むしろ、乱暴な言葉で要求される「○○」を書く気持ちが折られてしまいます。作家も人間なので、心が折れると自分ではどうしようもないのです。

『図書館戦争』シリーズも一時期「二度と書けない」箱に入ってしまっていました。完結したことだし彼らを書くことは一生ないだろうと思っていましたが、映画関係者の熱意に押されてショートショートが二本実現しました。書けたことに自分が一番驚きました。

今、書けない箱に入ってしまっている作品についても、いつか書けるようになる日が来ることを願っています。

◆『図書館戦争』ショートショートについて

２０１５年、映画『図書館戦争 THE LAST MISSION』の公開に向けて、ふたつの書き下ろしショートショートが生まれました。ひとつは、ローソンのLoppi限定で販売展開された、ＮＯＬＴＹ（ノルティ）とコラボしたオリジナル手帳の分冊に掲載されたもの。「手帳」をテーマにした掌編「あの人の手帳」です。もうひとつは、書店に貼られたキャンペーンポスター掲載のＱＲコードからアクセスするもの。コードを読み込むと出題される『図書館戦争』にまつわるクイズに正解した人が読める、書店にまつわるオリジナルミニエピソードです。

知らない人に届けたい

難聴者が主人公の話を書く、と申し上げたら取材に応じてくださった方に「自衛隊が不発弾処理とかで難聴になる話ですか」と言われました。いつもそんな話ばかり書いて男性作家によく間違われますが、一応女子です。

さて、私が最初に中途失聴者のキャラクターを出したのは『図書館内乱』という九月一〇日発売予定の本です。そのキャラクターはメインキャラクターに絡むゲストキャラで、このキャラクターを突発性難聴で難聴者になったと設定しました。

何故、突発性難聴だったかというと、私の家人が突発性難聴に二回罹り、たまたま治療が早かったので二回とも聴覚を失わずに済んだという個人的な出来事があったからです。

家人はある日突然、片方の聴覚が全くなくなったため即日耳鼻科に行きました。そこで下った診断が突発性難聴で、治療が的確であったため一週間ほどで聴力が回復しました。

そのとき私たちは医師から「治療開始は発症から一刻も早いのが望ましい、できれば三日以内、二週間を過ぎると回復は難しい」と聞かされ、肝を冷やしました。家人は急に全ての音が聞こえなくなったので慌てて病院へ行きましたが、徐々に聴力が落ちていく場合もあるそうで、「最近ちょっと聞こえにくいな」程度だったら病院へ行くのが延び延びになってしまうことはいかにもあり得ることです（ちなみに二度目の罹患では超特急で病院へ駆け込んだことは言うまでもありません）。

そんなわけで、自分の本で「こんな恐い病気がある」ということを微力ながら書きたいと思ってそのゲストキャラが出来たわけですが、これを書こうと調べていると必然的に「中途失聴者」の皆さんの存在を知ることになりました。

そして、「喋れるがゆえに障害に気づかれない中途失聴（難聴）者」をヒロインに据えて、恋愛小説を書きたくなりました。

健聴者として今まで知らなかったことを数え上げるときりがありませんし、まだまだ知らないことはあるでしょう。それでも、少しでも調べた私は「知らない人」に比べて格段に皆さんの複雑な世界を知り得たわけです。後ろから自転車のベルを鳴らしても「聴こえない」がために避けられない方がいる、というごく簡単で気づきにくい現実なども。

こうしたことを調べられる書籍や資料はたくさんあることでしょう。しかしそれらは、「知ろう」と思った人にしか届かないという弱点があります。

私は駆け出しの作家ですが、エンターテインメントの強みは「それを知ろうとしていない人にも話に織り交ぜればそれが届く」ということにもあります。

全日本難聴者・中途失聴者団体連合会（全難聴）の方にアンケートのご協力を頂き、丁寧に丁寧に心情を吐露してくださる文面に、微力ながら届けたいという思いはより強くなりました。

皆さんから見たらご都合であったり間違っていたりすることも多々あるでしょう。ですが、「現状興味を持っていない人にいくばくか届く」という意味で、恋をしようとする彼と彼女を見守って頂けると幸いです。

（2006年9月）

【振り返って一言】『海の底』で生理用品について書いたことも同じくです。女性は緊急時の心配事が男性よりも一つ多い、ということは男性にも知っていてほしいことです。阪神・淡路大震災の折には、多くの女性が生理用品のストックを心配しました。状況がいつ収束するかは誰にも分からないことですので……

ですが、むしろ女性読者から「生理のことをわざわざ書くのは下品だ」という意見があって、ちょっと落ち込みました。

◆「知らない人に届けたい」初出雑誌
『難聴者の明日』（年4回発行）　問い合わせ先
全日本難聴者・中途失聴者団体連合会（略 全難聴）
TEL：03-3225-5600　FAX：03-3354-0046
E-mail：zennancho@zennancho.or.jp
HP：http://www.zennancho.or.jp

キャラクター小説一問一答

Q　小説を書くうえで、キャラクターはどんな意味を持っていますか？
A　私は自律的なカメラであり彼らの物語を撮ろうとしています。
　キャラクターはこのカメラが「撮りたい人たち」、物語は「その人たちが生きている時間の一部」です。
Q　キャラクターを造型するうえで、一番留意していることは何ですか？
A　その人らしいということ。
　キャラクターはあまり作り込まずに状況の中で勝手に動いてもらって、そうすると「そうかお前はそんな奴か」と「その人らしさ」が分かってきます。過去なども決めてあった設定以外は「あ、こいつきっと過去にこんなことがあったな」と分かってくる。そこからまた物語が広がることもあります。『野性時代』に掲載させて頂いた『クジラの彼』なんかはその広がったパターンですね。
Q　男性 or 女性・人間 or 人間でないもの——キャラクターを創って行くうえでの違いは明確にありますか？　あるとしたら何でしょうか。

A　ないです。男女、人間人外問わず「らしさ」を執拗にカメラで追うだけですね。自分の好みが反映されるのはもちろんですが、何か撮るときはやっぱり好みの素材を撮りたい。受け付けないタイプを書くこともありますが、それは被写体にそういうのが絡んできたって感じです。

Q　これまでの小説で、一番「思い通りになった」会心のキャラクターは誰ですか。

A　基本的にキャラクターに勝手に走ってもらうので「思い通り」にはなりません。自分とキャラクターの思惑が一致した、ということならあります。

　思惑が一致することが多かった、という意味においては『空の中』の春名高巳ですね。彼とは「さあこの状況をどうする？」と相談をしながら話が進んでたような感じです。全体の目配りもしてくれるし物語の幹事みたいなキャラでした。

Q　キャラクターが「作家の意図を超えて勝手に動く」という体験はありますか。

A　前述の理由でこちらはいくらでも。「お前ら幸せになりたくば各自必死で動け」という作者なので。今まで一番てこずったのは『塩の街』の入江慎吾。先日、番外編で彼が主役の話を書きましたが、あんなに困ったこと今までないですね。彼らしさは確立してるんだけど、どうして彼がそうしたいのか分からない。でも私が理解できてしまうともう「彼らしく」なくなる。だから彼の行動は理解できなくても無条件に容認するしかない。そんなわけで実は一番苦手です。

Q　ご自分にとっての「キャラ萌え」の定義をお願いいたします。また、自分史上最も「萌えた」キャラクターは何ですか？

A　シチュエーション＋他のキャラとの関係性＋特徴としての記号・属性＝キャラ萌え？（なぜ疑問形）

キャラ萌えは「原点」という意味で漫画から『エリア88』（新谷かおる／小学館）、戦闘機萌えを魂に刻まれました。戦闘機とパイロットがお互いのキャラを立てる記号として機能し合っていたことが今思うと興味深いです。

Q　他の方の作品で、ハッと思われたキャラクターがあればお教えください。

A　映画で『ガメラ2　レギオン襲来』から自衛隊。誰がというわけではなく、群像としてのキャラ立ちだったと思います。彼らの敵が「レギオン」という群体の怪獣であったことも合わせて非常に面白かったです。

Q　ご自分のキャラクター小説から一本、おすすめのものをお教えください。また、その理由も教えてください。

A　本になってるところからだと最新の『海の底』でしょうか。二十名ほどの主要登場人物を設定表まったくナシで登場する端からライブのみでキャラを立てています。私はプロットを立てないライブ派なのでそれしかできないんですが、ライブ派が多人数並列処理に挑んだ様をご覧頂けたらと思います。

（２００５年12月）

［振り返って一言］　今なら説明に演劇のエチュード（即興劇）のことも織り込みます。キャラクターに頭の中でいろんなシチュエーションの即興劇をやってもらうことで、性格を掴んでいく感じです。

新井素子さんも、著書の『……絶句』（ハヤカワ文庫）でご自分の書き方をそんなふうに説明していらっしゃいました。「素ちゃんになりたい！」と小説家を目指した私は、キャラクターの書き方も素子さんに影響を受けたのかもしれません。

この本大好き！

書店はテーマパーク

プロジェクト「空想書店」。プロジェクトにはコンセプトが必要です。少々お待ちください（演算中）……はい決定。今回の「空想書店」は『書店＝テーマパーク』論を採択してみたいと思います。

何か面白い本はないかなと店内を巡って楽しい。

買いたい本が見つかったら再び楽しい。

おうちで買った本を貪《むさぼ》り読んで、またまた楽しい。

要するに、書店というのは一粒で三度おいしい安価なテーマパークです。有名テーマパークで1DAYパスを買ったら五千円は固い。ものは試し、この五千円をテーマパークとしての書店に突っ込んでみてください。

実は書店の娯楽コストパフォーマンスは神懸かり的です。店に入るだけなら取り敢えずタダ。そして五千円あれば単行本なら三〜四冊、文庫やコミックなら十冊買えちゃう。しかも楽しみの比重はお持ち帰りの後！　いそいそと布団を敷いてごろ寝で読書。疲れたらいつでも中断してお昼寝オッケー。今ナチュラルに自分の怠惰な読書スタイルをばらしたような気がしますが気にしない。

書店とは名付けてインドア・自在テーマパーク！　自宅にアトラクションを持って帰れ

るテーマパークなど未だかつてあったでしょうか、かろうじてレンタルビデオ店くらいのものではないでしょうか！

しかも買ったらマイ・アトラクションです。お好きなときにお好きな場所であのアトラクションを何度でも！　今まさに書店最強テーマパーク論を提唱してみんとす！

そしてテーマパークといえば娯楽の殿堂。そこには目玉から定番まで全方位へ向けてアトラクションが配置されています。新型巨大コースターに身を委ね、振り回されたらいいじゃない！　カップルなら定番のコーヒーカップも甘酸っぱく回しとけ！　カップの暴走回転競争、もちろんアリです。お化け屋敷に迷路も行っとく？

そんなわけで今回の「空想書店」、各種アトラクションをご紹介してみました。現実の書店にお運びいただければ、更に多様なアトラクションがあります。

●『テンペスト』（池上永一／角川文庫）
琉球王朝より上陸したルール無用の大河ジェットコースター。目玉にふさわしいド迫力。美貌と才気溢れる男装の美少女、その運命やいかに！

●『ギフト』（日明恩《たちもりめぐみ》／双葉文庫）
死者が見える少年と過去に傷を持つ男が社会の片隅で織りなすホラー。ホラーなのに社会派、社会派なのにホラー。妙味をご堪能あれ。

●『奇跡のリンゴ　「絶対不可能」を覆した農家 木村秋則の記録』（石川拓治／幻冬舎文庫）
ノンフィクション決定版。絶対不可能と言われた完全無農薬リンゴは作れるのか？　人間の底力を心地好く思い知る一冊。

●『きのうの世界』（恩田陸／講談社文庫）
初読は「？？？」。二度目で「ああー！」。言うなれば超巨大迷路か超巨大ミラーハウスです。酩酊《めいてい》感が五感に来ました。

●『仁淀川漁師秘伝　弥太さん自慢ばなし』（宮崎弥太郎／小学館）
単なるアウトドア本ではありません。読めばあなたの心の中に「いなか」が生まれる本です。

（2008年12月）

【振り返って一言】　提案としてはそんなに的外れじゃないと思っています。魅力的なアトラクションを増やせるように一作家として鋭意努力します。

今のオトナはかつてのコドモ

こいつは誰だ。何故ここにいる。

とお思いの方は多いかと思いますがご安心ください。私もそう思っています。

ジャンル的には「ライトノベル」というものを書いております駆け出しペーペーの物書きです。

ご存知ない方のために簡単にご説明申し上げますと、ライトノベルとは基本的には少年少女をターゲットとしたキャッチーな小説の総称です。表紙や挿絵に漫画っぽいイラストを多用したり、キャラ立てを漫画的にしたり、とにかく少年少女のとっつきやすさを重視した作りになっているのが特徴と言えましょう。

そしてこのライトノベルというものの草分け的存在に、朝日ソノラマ文庫というレーベルがあります。この朝日ソノラマ社が朝日新聞社系列なので実はトリッパーさんともあながち無縁ではなかったりするのですね、ライトノベル。よし、これで私がここにいる説明がついた！

無事説明がつきましたところで私にとっての記念碑的な一冊と言いますと、やはりライトノベル作家としてこのソノラマから『妖精作戦』（笹本祐一）ということになります。

今を去ること十五年前から二十年前、当時の少年少女のハートを鷲掴《わしづか》みにしたライトノベルであり、私がライトノベル作家を目指したきっかけの本でもあります。

しかしこれの良さを今説明しようとすると非常に難しい。何しろ内容がハチャメチャです。謎の組織に誘拐された美少女転校生を奪還せんとするクラスメイトたちが市街でバイクチェイスを繰り広げ、潜水艦に潜入し、ヘリを強奪し、更にはシャトルに乗り込んで月へ行って帰ってくるという、あらすじだけ抜くとどっからどう突っ込んでいいか分からないジェットコースターっぷり。お前ら全員ジェームズ・ボンドか！　高校生だろが！

現在オトナの皆さんが突っ込みたいキモチはよく分かります、しかしこれが当時の私たちには大変おもしろかった。

今にして思えばこれは、中高生の夢を直撃してたんですね。映画のヒーローみたいな何でもできる夢の高校生。でも馬鹿馬鹿しい会話や行動はまんま等身大の自分たちで、そこに当時の子供たちはリアルなファンタジーを感じたんだと思います。

校則守って勉強漬けのボクらだけどホントはあんなふうにかっこいい冒険もできるんだ。ままならない灰色の毎日だけどチャンスがあったらあんなふうになれるんだ。

あの日の私たちにとって「リアル」とは状況ではなかった。シャトルを奪おうが月へ行こうが超能力者が出ようが宇宙人が出ようが、その状況の中に「自分たちみたいな」奴らがいることが重要だったんです。

自分が共感できる奴がそこにいるかどうか。それだけがリアルの判定基準で、そいつらがどんな痛快な冒険をしてくれるかがおもしろさのすべてだったんです。

単純？　下らない？　バカバカしい？　そんなこと知らねーよ。おもしろいんだからそれでいいじゃん。オトナが誉める本なんかつまんない、つまんないほうが下んねーよ。

ライトノベルに限らず漫画やアニメ、オトナが下らないと片づけるものすべてについて、あの日の私たちはきっとそう言いたかった。オトナの読む本のおもしろさなんて分からなかったし分かりたくもなかったし分かる日が来るとも思わなかった。

しかし十五年が経った今、オトナになった私は「オトナが読む本」のおもしろさを知っています。でもそれは「ライトノベルなんてバカバカしくてツマラナイ」ということに気づいてオトナの本のおもしろさに移行したわけではありません。

ライトノベルはおもしろい。でも「オトナの本もおもしろい」ということに気づいたんです。ライトノベルのツマラナサに気づいたんだったら私はライトノベル作家になってるわけがないんですから。

ただし、オトナになってからライトノベルとの関係がちょっと変わりました。基本的にライトノベルは少年少女をターゲットとしていると申し上げましたが、私が少年少女でなくなってしまったのですね。するとどうなるか。『妖精作戦』的スーパー高校生に感情移入「しにくく」なるわけです。

感情移入できないわけではありません、決して。しかし、どうせなら「オトノがかっこいい」ライトノベルも読みたいなぁ。という欲が出てくるわけです。だって自分が今オトナだから。

「オトナがかっこいいライトノベル」は、実はこれから求める人が増えてくるジャンルではないかと思います。何故ならライトノベルが子供たちに受け入れられている限り、ライトノベル受容体を持った大人もこれからますます増えてくるから。個人的に私たちの年代はその初期世代だと思っています。最初期はもうちょっと上まで遡れそうですが。

というわけで私はライトノベルを愛したかつての子供として、「オトナもかっこいいライトノベル的物語」を書いていきたいと思っている次第であります。

勝手に需要が増えると予言してみる「オトナライトノベル」、もしよろしければ皆さんも体験してみませんか？　オトナが読んでも楽しいライトノベル、既にたくさん存在してますので。

（２００５年３月）

【振り返って一言】　今でもライトノベルという言葉が通じる人にはライトノベル作家と名乗りたい。ライトノベルという言葉を一から説明しないといけないことも多いので、ままなりませんが……それでも、ライトノベルが私を作家にしてくれたことは変わりません。

読書感想文「非」推薦図書

猛暑である。大人はひいひいへばっているが、子供たちはパワフルに炎天下の街中を闊《かっ》歩《ぽ》している。夏休みならではの光景である。

さて、夏休みの宿題の定番といえば読書感想文だが、今日ご紹介する本は「読書感想文『非』推薦図書」だ。いろんなところで何度か主張しているが、私は読書感想文廃止論者である。読書感想文という義務（どころか、作文や読書が苦手な者にとってはいっそ苦役）を負わされる読書は、子供の活字離れを促進する元凶と信じてやまない。ノー・モア・読書感想文。読書に自由を！

読書感想文という苦役付きの読書で鮮烈な面白さを一点たりとも曇らせてほしくないので、この一冊は読書感想文用としては読んでほしくないのである。「宿題だから何か読まなくちゃ」ではなく、純粋に本を楽しみたいという方にお薦めしたいのである。

『天地明察』（冲方丁《うぶかたとう》／角川文庫）がそれだ。私の感想は「完敗だ、ちくしょう！」以上である。作家は手も足も出ないほど面白いものに出会うと「面白かった」よりも「悔しい」と思ったり「羨ましい」と思ったり、あるいは畏怖《いふ》の念を抱くことがある。そして『天地明察』は私にとって近年最大「悔しい！」と思わされた作品だ。

何が悔しいって、この『天地明察』は私が興味のない要素ばかりで構成されているのである。それは「数学」と「暦」だ。主人公は江戸時代に生きる碁打ちにして数学者の渋川《しぶかわ》春海《はるみ》。物語は春海が数学の知識を駆使して日本独自の暦を作り上げる一生を描く。

私は数学にも暦にもまったく興味がなく、更に歴史的素養がないため主人公の渋川春海を知らなかった。知らない歴史上の人物が数学に打ち込み、暦を作る。私にとって興味のない要素のそろい踏みである。にも拘わらず、本を開いたが最後であった。渋川春海の生き様から片時も目を離せなかった。興味がないのにそこまで引きずり込まれたのである。

思い切りがいいのは、著者は江戸の数学や暦について十全に調査しているのに、作中では読者がそれを無理に理解しなくていい構造になっていることだ。調べたことは披露したくなるものだが、著者はそこを痛快に割り切っている。専門的な知識を端的にまとめ、興味がなくても「読めば物語に必要な情報が自然と分かる」ように書いている。

後に残るのは著者の筆先に躍る魅力的な登場人物たちだ。テーマに興味がない読者さえ振り落とすことなく、惹きつけて離さず、魅力的な人々の物語は疾走する。

読み終えたら「感想文を原稿用紙に〇枚書かなきゃ」ではなく「面白かった！」と心ゆくまで余韻に浸ってほしい。

だからこの本は「読書感想文『非』推薦図書」なのである。


（２０１０年８月）

［振り返って一言］　読書感想文は「書きたい」という子供さんだけに！　本を商っている立場からの切実な願いです。作文が嫌いな人には本当に苦行です。

読んでおいしい本

食欲、スポーツ、芸術、行楽、そして読書。

あなたにとって今年の秋はどのような秋だっただろうか。

この連載的には読書の秋ということにしておかねばならないが、羅列の初っ端に出てきた文言がそうした私の分別を裏切っている。不漁値上がりが囁かれていたサンマもようやく値が落ち着いてきたし、秋から冬にかけてこれからは食べ物がどんどんおいしくなる季節だ。

しかし、本能の赴くまま食欲に身を委ねていると、中性脂肪だのコレステロールだのが恐いお年頃でもある。中年以降、肥満は見映えだけでなく寿命にもダイレクトに関係してくるので切実である。

そんなとき、荒ぶる食欲を鎮めるのに有効なのが実は読書だ。

寝る前など、小腹が減ったが今食べるのはよろしくないな、というときに私が読む本は『ムツゴロウの雑食日記』（畑正憲／文春文庫）である。

畑氏本人は『美食日記』としたかったところを編集者が「ゲテモノ食いの畑さんで美食になるわけがない」と反対して『雑食日記』になってしまったという本だ。

結果的に件の編集者は慧眼《けいがん》だったと言えよう。何しろ第三回目にして登場するのが蛙《カエル》である。しかし、この蛙が畑氏の手にかかると実にうまそうなんである。

他にもヘビだのネズミだの、キテレツなところではコウモリやマンボウ――しかも、その糞《ふん》まで「うまいもの」として描写してしまう。そして、まんまと「うまそう」と思わされてしまうのだ。

うまそうと思ったところで相手がコウモリやらマンボウやらでは一般庶民の自宅からは手が届かない。しかし気分は「コウモリ（糞込み）」「マンボウ（糞込み）」が食べたいお腹になっているので、買い置きのカップラーメンなどでは満足できるわけもなく、夜食の誘惑を免れる次第だ。

また、向田邦子さんの随筆もいい。これも文中においしそうなものがあれこれ登場するが、その大半は向田さんが己のセンスで料《りょう》る一品であったり、または幼い頃の記憶に息づいている食べ物であったりする。やはりお腹は「炊きたてのご飯に火取った海苔《のり》と醤油でまぶしたおかかを重ねた海苔弁当」などになっているので、スナック菓子や何かでは代替が利かないのである。同じものを作ろうにも文章で呼び起こされた食欲は保温ご飯など許すはずもなく、おコメをとぐところから始めなくてはならないので、仕方ない、諦めて寝るか――ということになる。

荒ぶる食欲に負けそうなこの季節、「読んでおいしい本」を探してみるのはいかがだろうか。読書でいくら満腹しても、一グラムも贅肉は増えない。しかも見つけた本は一生おいしく味わえるのだからおすすめである。

（2010年11月）

【振り返って一言】 私にとって食べ物の描写が美味しい二大作家。食べ物の描写をするときは、いつもこのお二人を意識に置きます。

「料る」という言葉は、向田さんの随筆で覚えました。辞書にも載っている言葉です。間違いではないか、おかしい言葉だとご指摘を受けることがありますが、好きな言葉を死なせないためにも使っていきたいと思います。

しゅららぼんって何だよ！

毎回この男にはしてやられる。今回もそうだ。

しゅららぼんって何だよ！　と心の中で突っ込みながら発売日に即買いしてしまうのである。

思えば『鴨川ホルモー』（角川文庫）からずっとこのパターンだ。ホルモーって何だよ、ホルモンの親戚か？　と読みはじめたらまんまとノンストップ読了コースだった。『偉大なる、しゅららぼん』（集英社文庫）は新刊タイトルを聞いたとき、本人に面と向かって「脳のどこら辺を使ったらしゅららぼんなんて言葉が出てくるんですか」と訊いてしまった。

回答は「しゅららぼんだからしゅららぼんなんですよ」であった。

これだから天才型の作家はイヤだ。誰もが「えっ、何それ」と振り返るような強烈なフレーズをひょいと捻り出し、「だって思いついちゃうんだもん」と来る。

などと文句を言いつつ、私は万城目学の吹くホラが大好きである。作家の仕事は多かれ少なかれホラを吹くことなわけだが、万城目学のホラは強度が独特かつ一味違う。

普通、作家がホラを吹くときはそのホラを成立させるためにディテールを詰める。だが万城目学のホラはあまりにも奇想天外すぎて現実的なディテールの詰めようがない。

それなのに、彼が綴《つづ》る作品にはとりとめのなさがまったくない。「ホルモー」も「しゅらぼん」も上滑りせず、現実的な手触りを持って成立しているのである。これは実に驚異的なことだ。

万城目学が綴る荒唐無稽なホラは物語の中でそのまま「リアル」として成立してしまうのである。彼が「ホルモーという競技が存在する」と書けばその世界には断固としてホルモーが存在し、「鹿が喋る」と書けば鹿は断固として喋る。そこに「何故」が差し挟まれる余地はない。

言葉を綴るだけで、現実からの裏付けを何ら必要とせず、一つの世界が成立する。そうした意味で、万城目学は活字世界の錬金術師といえる。読者は彼にしか為《な》し得ない魔法を見たくて彼の作品を追いかける。かくいう私もその一人だ。

彼の魔法が創り出す「世界」の中には、必ず愛らしい人々が内包されている。それも彼の魔法から離れられない要因である。今回は琵琶《びわ》湖《こ》の不思議な力を授かった「湖の民」の子供たちがメインだ。何故か真っ赤な学生服で高校生活を送ることになり、途方に暮れる主人公・涼介。そのいとこのナチュラルボーン殿様・淡十郎に、最強の引きこもり・グレート清子。能力バトル物に付きものの宿命のライバルも抜かりなく出てくる。

不思議な力を巡る子供たちの運命やいかに——と書くと何やらカッコよさげだが、その能力は「しゅらぼん」なのである。あくまで脱力、ナンセンスなのである。

『偉大なる、しゅららぼん』、一体何がどう偉大なのか、ぜひ堪能していただきたい。特に万城目学未体験の方は「これが万城目か」と膝を打つこと請け合いである。

（2011年7月）

【振り返って一言】 本当にこの人は天才だと思う。奔放にホラを吹き倒してるときが一番天才。

出てたのか、と嬉しい喜びとともに手に取った。『おべんとうの時間』（写真 阿部了、文 阿部直美／木楽舎）である。

私は関西に住んでいるが、出版社はほとんど東京である。従って、何だかんだと東京への出張が多い。移動時間の短縮のために飛行機を使う機会も多い。個人的に三菱国産ジェット（ミツビシリージョナルジェット／MRJ）を応援しているので、MRJの購入を早い段階で表明してくれたANAを贔屓にしている。

ANAを利用するたびに目を通すのが機内誌『翼の王国』だ。中でも特に楽しみにしている連載が『おべんとうの時間』である。だが、初めて意識に留まったときは何かと思った。

普遍の興味の源「おべんとう」

カラーグラビアを丸々一ページ使って、何の脈絡もなくおべんとうの写真が掲載されているのである。それも、料亭の花見弁当や松花堂弁当などではなく、家で奥さんやお母さんが詰めるようなごくふつうの「おうちのおべんとう」だ。

続けて、そのおべんとうの持ち主のスナップ。さらに、持ち主へのインタビューだ。おべんとうの持ち主はさまざまな仕事に就いているごくふつうの人々で、別に特別な有名人というわけでもない。

一般人のおべんとうを淡々と紹介し、話を聞く。そのコンセプトを理解したとき、「面白いことを考える人がいるものだなぁ」と思った。

おべんとうを提げて学校に通っていたころ、クラスメイトのおべんとうが気になったことがない人はいないだろう。同時に、自分のおべんとうの見栄えを気にしたことがない人とも。向田邦子さんの随筆にもおべんとうにまつわる好奇心や悲喜こもごもを書いたものがある。それほどおべんとうは日本人にとって普遍の興味の源なのだ。

品数が多くて手の込んだものは、写真に撮られるからと作り手がちょっと気負っているのか、子供のキャラ弁の余録か。逆に、あるものだけ詰めてきましたというような気さくなおべんとうもある。こちらはご自分で詰めておられる場合が多い。

どのおべんとうもいい。凝ったおべんとうにも、シンプルなおべんとうにも、作った人の心持ちが温かく透けている。「食べ手」のインタビューもまたいい。おべんとうにまつわる思い出がほっこりと温かい。作ってもらっている方は自然と作り手への感謝や愛情を語っている。きっと、面と向かってはあまり仰ったことがないだろう。

おべんとうを通じて、人の心根が味わえる。その温みが嬉しくて、手元にあると何度もぱらぱらめくってしまう。どれもこれも目にご馳走だ。

忙しさにかまけて外食やコンビニめしが増えていた折だったが、自分で食事を作りたくなった。今のところ続いている。今日はにんじんの〝こあえ〟を真似してみよう。

（２０１１年10月）

【振り返って一言】 ＭＲＪ、やっと初飛行です（２０１５年11月）。ＭＲＪで機内誌の『おべんとうの時間』を読みたい。

冷静なる戦争小説

恥ずかしながら戦争小説というものに対して知識がまったく浅い。過去に起こった戦争を理解するには当時の歴史の理解が不可欠で、私は歴史の素養が実に残念な人なのである。

そもそも近代史というものは、歴史の授業で高校卒業も迫ったころに駆け足で終わってしまう。だから第二次世界大戦は我々にとって最も近い戦争の歴史でありながら、正確な経緯を把握している人が思いがけず少ない。学がない私のような人間においては何をかいわんやである。

読めるかな、と思いながら『ニンジアンエ』（古処誠二／集英社）を手に取った。その心配は杞憂であった。

地味な話である。戦争物でありながらドンパチすらほとんどない。端正な筆致が状況を淡々と記していく。しかし、一気読みだった。

ドンパチがない理由は、取り上げられたテーマが宣撫《せんぶ》（ビルマ語で「ニンジアンエ」）だからである。宣撫を手元の辞書で引くと「占領地の人民に本国政府の方針を知らせ、人心を安定させること」とある。要するに占領軍の広報活動だ。

物語では一人の新聞記者がビルマ戦線の宣撫班に取材同行する。記者は宣撫班付きになったことに不満を隠さない。華々しい戦闘を記録することこそが記者の本懐であると思い決めている。

　確かに物語にしやすいのは派手な戦闘だ。しかし、戦争の本懐はそこにはない。戦争の〝成果〟は戦闘で勝利を収めた後、現地住民に自分たちのことをいかに受け入れさせるかにかかっている。

　ここで日本が行った戦争の是非を問うことはなしにしたい。そもそも第二次世界大戦当時の価値観を今の価値観で測ること自体がナンセンスである。植民地政策が是とされていた時代に現代の物差しを一方的にあてがっても事象が歪むだけだ。第二次世界大戦を日本の侵略戦争だと断罪するのなら、まずもって近代西欧諸国の植民地政策から断罪しなければならない。戦地となった国はもちろん自国を蹂躙《じゅうりん》した国々を許すことはできないだろう、しかし一度も他国に対して後ろ暗い歴史が存在しなかった国もまた存在しない。

　古処誠二は戦争の是非を語らない。ただ起こってしまった戦争に従事する人々を淡々と描く。戦争の記憶が遠くなった現代、後世の私たちが戦争を理解する手がかりは、客観的な視点のみである。極端な自虐史観も極端な自由主義史観も、再び戦争という外交手段に陥る罠《わな》に通じている。深淵を覗《のぞ》くとき、深淵もまたこちらを覗いているということを私たちは忘れてはならない。

　古処誠二は戦争を知らない世代の書き手である。そして読者もやがて完全に戦争を知らない世代となるだろう。古処誠二はその世代に戦争を解釈する視座を示している。宣撫は戦争の本質を考える格好の素材だ。物知らずな私だが、読後に戦争の割り切れなさ、やりきれなさに一端なりと触れた気分になった。

戦争を知らない私たちが冷静なる戦争小説の書き手を得たことは、日本の将来に向けて大きな幸いとなるだろう。

（２０１２年２月）

【振り返って一言】 氏が戦争文学に粘り強く取り組んでいることを評価する向きが少ないような気がします。戦後生まれに戦争が書けるわけがない、というなら日本の戦争文学はいずれ絶滅するのでしょうなぁ。

特殊な知名度を持つ新人作家

「たちまち10万部突破！」という謳《うた》い文句が帯にあった。

これが「100万部」だったら無視するつもりだった。だが、十万部という数字は、新人作家のデビュー作として破格ではあるが、絶対にあり得ないものではない。

『ピンクとグレー』（加藤シゲアキ／角川書店）の話である。作者はジャニーズ事務所に所属する現役のアイドルだ。

いわゆるタレント本だろう、と思っている人は多いと思う。かくいう私もその一人だ。ところが、話の種に新宿の書店で買い求めようとして肩透かしを食った。

どうせ芸能人という看板に物を言わせて物量作戦で陳列しているのだろう、と思っていたら、意外にも「常識的な」展開だったのだ。確かに話題書として扱われてはいるが、新刊棚を二面も三面も占拠して既存作家を脇へ押しやるようなえげつない陳列ではない。新刊時期を微妙に過ぎていたせいかもしれないが、探すのに少し手間取ったくらいである。

ポスターに本人の直筆サインが入っていた。事務所から配布された販促グッズかと思ったら、本人が書店回りに来たという。書店回りは作家にとってごく基本的かつ地道な営業活動だ。

タレント本という認識をその時点で改めた。ジャニーズの看板を振りかざして書店の棚を荒らすことをせず、地道に書店回りをした彼は、新人作家として出版業界の流儀に倣おうとしている。芸名に物を言わせてあり得ないほどの大部数を刷り、話題書だから入荷しないわけにはいかない書店の弱味に付け込んで買い取りや責任販売制（返本すると損をする仕組みになっている）で荒稼ぎするような本と同列に扱うべきではない。

特殊な知名度を持っている新人作家の本として読んだ。荒削りだが、確かに光るものがあった。

文章には癖がある。ときどき独特な言い回しが出てくる。これは拙《つたな》いのではなく作家の個性と見るべきだろう。むしろ、そういう癖があること自体、彼が「書ける」人間であり「書くことが好き」な人間であることを示している。

そして何よりキャラクターが書けている。芸能界という特殊な世界を書きながら、キャラクターは読者が感情移入するに足る体温を持っている。

私には書けないものを書く人だなと思った。自分の世界と自分のカラーを持っている同業者の作品に触れたとき、いつも自然に思うことだ。後は二作目が書けるかどうかだ。デビュー作で終わる新人も珍しくはない。だが、この作家には書きたいものがまだありそうな気配がする。

二作目以降は、彼の持つ芸能人の肩書きがハンデになってくるだろう。「所詮アイドルの手慰《てなぐさ》み」という色眼鏡は避けようがない。

彼がコンスタントに作品を発表できる作家になったら、その色眼鏡をもはねのけたということだ。そうなったら実に痛快である。特殊な知名度を持つ新人作家の行く末やいかに――次作以降を楽しみに待ちたい。

（２０１２年5月）

【振り返って一言】 その後、瞬く間に色眼鏡をはねのけて、既に四冊目を上梓。やはり本物でした。

物言わぬ彼らを想う本

3・11以降、被災地となった東北に思いを馳せることが増えたという人は多いのではないだろうか。

当初、あまりにも過熱した報道で逆に風化が早まるのではないかと懸念されていた東日本大震災だが、被災地の状況については定期的にフォローアップが為されているようで何よりである。

被災地の中でも福島の受難はことに大きい。震災のみならず原発という現在進行形の災害を抱え、人々が風評被害にも苦しんでいることは周知のとおりだ。

今日はそんな福島の物言わぬ被災者に触れた本を紹介したい。

まずは『おいで、一緒に行こう　福島原発20キロ圏内のペットレスキュー』（森絵都／文藝春秋）である。突如として避難区域となってしまった原発20キロ圏内に取り残されたペットを救助するペットレスキューに密着した渾身のドキュメンタリーだ。

第一章のタイトルにいきなり頭をぶん殴られた。「正しいとは思っていません」――ただ一言で、関わる人々の覚悟の程を突きつけられた。

原発20キロ圏内は立ち入り禁止の警戒区域となった。取り残されたペットを助けるためには、封鎖を突破して禁止区域に立ち入らねばならない。合法か非合法かといえば、非合法である。批判は当然あるだろう。たかが動物のために、という「合理的な」声もあるに違いない。

しかし、関係者は自分たちの行動についてとっくの昔に腹を括っているのだ。「正しいとは思っていません」――それは「正しくないとしても、やる」という決意表明でもある。20キロ圏内はあまりにも突然封鎖された。すぐに戻れる、少なくともペットの面倒を見に帰れると信じて避難所に移った人がほとんどだろう。それは避難所に迷惑をかけてはならないという良識ゆえにである。良識を守った人々が愛するペットを封鎖線の向こう側に奪われる、それはあまりに理不尽だ。

「正しいとは思っていません」と宣言したこの本を読んで、どんな感想を抱くかは人それぞれだろう。一読者としての私の感想は「正しくないとしても支持する」である。

一方、物言わぬ動物たちの立場から被災を描いた本もある。『ロックとマック　東日本大震災で迷子になった犬』（なりゆきわかこ／角川つばさ文庫）だ。被災により家族とはぐれてしまった犬たちが自分たちの体験を物語る。自ら名乗ることができない彼らは、保護されると仮の名前をつけられる。彼らが飼い主のつけてくれた本当の名前を取り戻すことはできるのか――本書の中にはいくつかの奇跡が紹介されている。こんな奇跡を得たペットはきっとごく一部だろう。それでもその奇跡をなし得た動物たちのひたむきな生命力と、関わる人々の深い愛情は、読み手の胸を打つに違いない。

物言わぬ彼らの明日に思いを馳せてくれる人が一人でも増えてくれたら、と願う。

（2012年8月）

［振り返って一言］ 何度でも言う。正しくないとしても、支持します。

匿名の毛布

「インターネットとそこにおける匿名信仰は、他人についてどのような発言をしようと、優しく守ってくれる毛布の役割を果たしている。そういった意味では、インターネットはほかの何よりも、言論の自由を逆手に取って、言論の自由という概念を道徳的に冒瀆《ぼうとく》しているると言えるだろう」——この序文を読んだ瞬間購入を決めた。『ロードサイド・クロス』(ジェフリー・ディーヴァー／文春文庫)である。

作家の多くがこの序文に大きな共感を寄せるに違いない。ネット社会の現代において、作家であるということは、見も知らぬ他人から人間性、能力、感性のすべてを否定され、悪意を受け続けることでもある。ネット上で自作に対する酷評を見て心を壊した人を何人も知っている。デビュー作を叩かれた恐怖で次回作が書けず長く苦しんだ人もいる。

酷評を書く側は「見るほうが悪い」と言うだろう。しかし、目の前に世界に繋がる箱があって、容易に自作の感想が探せるのに、もしあなたが作家なら一度も見ずにいられるだろうか。「見ない」という作家の中には「見て傷ついた結果見ないことにした」人が多く含まれる。

印象的だったのは、「自分はネットの意見は見ない」と明言していたある作家が、「絶対に見ないと決めていたのに、いろいろあって心が弱くなっていたので見てしまった」と悔いていたことだ。それはすなわち、ネット上の自作に対する感想を「見ないでいる」ことには大変な精神力を必要とするということである。だが、私はその人に「心弱くなったあなたが悪い、自業自得だ」とは言いたくない。

悪意であっても表現だ。それを発する自由はある。しかし、自由には責任が付随する。悪意を表現するからには、自分が他者を傷つける覚悟を持つべきだ。その覚悟のないまま悪意の暴力性だけを愉《たの》しませてしまうのが「匿名の毛布」である。

言葉は凶器だ。匿名で他人に凶器を突き立てることができるネット社会の恐ろしさを、ディーヴァーは淡々と描写する。インターネットは安全な悪意の表明が容易なツールでもあるということを指摘し、誰もがこの安全な悪意に手を染める可能性があることを示唆している。

しかし、それでもディーヴァーはネットを否定していない。ネットがより良いツールになる可能性を同時に、そして平等に淡々と語っている。

そして、私も悪意を膨大に受けてはいるが、それでもネットを否定する気はない。何故なら、首を吊りたくなるほど私を打ちのめすのは常に膨大な匿名の悪意だが、救ってくれるのもまた膨大な匿名の善意だからである。

ツールは使い手次第で善にも悪にもなり得る。それは言葉と同じだ。たとえ匿名という毛布を着ても、人間が完全に悪意に淫することはないと信じたい。

（２０１２年11月）

［振り返って一言］ ネットというツールを貶めないためにも、有名税という言葉で理不尽な暴力を棚に上げることは慎むべきだと思います。言葉は利器にも凶器にもなる。

「ゆるい共感」呼ぶすさまじい才能

爆発的に人気が沸騰しているわけではない。

だが、思い出すと当たり前のようにそこにある。そして、読めば常に「あるある」と共感し、楽しめる。ネタはすべてどこかで見たようでありながら、見せ方が必ず一工夫されている。

四コマ漫画の大いなるマンネリ——という位置にしっかり太い根を張っているのが、『OL進化論』（秋月りす／講談社）という漫画だと思う。

ゆるくレギュラーキャラクターは存在するが、その誰かに特別に肩入れすることもなく、小市民あるあるネタが淡々と繰り広げられる。爆笑することはないが、不快になることも決してなく、「うんうん、あるある」「なるほどねえ」と気軽な共感を以て楽しめる。

友達というほどではない「好ましい」顔見知りのお喋りをランダムに聞いているような空気感——というところだろうか。たまに愚痴っぽい小ネタも混じるが真剣に聞かねばならない責任感は必要なく、「分かる分かる」と頷きつつ勝手な共感を覚えていればいい。無責任な「雑談」の心地よさを、四コマ漫画という形態で成立させている。

作者の秋月りす氏は（当たり前のことだが）漫画家である。であるにも拘わらず、連載開始した一九八九年からずっと「等身大の会社員」ネタを描き続けている。バブル全盛期からがらりと世《せ》知《ち》辛《がら》い現代に至るまで、違和感なく小市民ネタを生み出し続けている。ＯＬのファッションや趣味の流行り廃り、三十五歳独身男性社員の生活の知恵や侘《わ》び寂《さ》び、課長さんのファミリーネタ、定年したご夫婦ネタ——描く世代に死角はない。

そして、どの世代が読んでも「ゆるく」頷ける。自分の世代のネタにゆるく頷けるから、他の世代のネタにも「そういうもんか」と頷けるし、楽しめる。ゆるく楽しみながら、時折震える。この「ゆるい共感」は実はすさまじい才能である。小市民の「ゆるい共感」を二十六年も四コマに描き続けることができる漫画家は、今の日本にこの人しかいない。その「ゆるさ」はもはや名人の域である。

戦後の世相を女性の視点からスケッチし続けた作品に『サザエさん』（長谷川町子／朝日新聞社ほか）があった。バブル期以降の昭和と平成をスケッチした作品としては、『ＯＬ進化論』が残るのではないだろうか。——と、私は真剣にそう思っている。

（２０１５年４月）

©ほしのゆみ

【振り返って一言】　ほしのゆみさんの挿絵が秀逸。私も！　と思いました。

女の友情に希望を持てる一冊

Q　女同士の友情は成り立つのか。長く続く秘訣は？　人間不信ぎみの私に希望のある本を。

A　そんなお悩みにお薦めしたいのが『後宮小説』（酒見賢一／新潮文庫）です。

風呂敷の広げ方が粋なことで有名なこの小説、そのものズバリなタイトルで説明するのも気まずいほどですが、要するにえらい人（帝）の奥さんやお妾《めかけ》さんを集める宮殿のお話です。

先帝が亡くなりました、新帝が立ちます、よってお妃《きさき》大募集。我と思わん者は名乗り出よ、ただし美少女限定。こうして書いてみるとなかなかサバイバルな設定ですね。たった一人の男を数百人の女が奪い合う血みどろキャットファイト。勝てば華、負ければ泥どころじゃありません。何せ勝てば世界が手に入る。こんな状況でルームメイトと友情なんか育《はぐく》めるわけがありません。目に入る女は全て敵、これ当然。——ところが。

基本、自分が勝つことしか考えてない女の子たちにどういう変化が現れるのかは実際読んで確かめてほしいのですが、元気出ますよ。人間って結局自分の都合で生きてんだよなァ。あの子もこの子もそして自分も。

友情とか背中がかゆいや畜生め、ンなもんどうでもいいよ。でもまぁ都合がついたら会わんでもないよ。——とお互い自分勝手に付き合ってるくらいが一番気楽なんじゃないか、と後宮の美少女たちに教えてもらったような気がします。

『スキップ』（北村薫／新潮文庫）に見える女の友情も心に染みます。昭和四十年代の初めに十七歳だったヒロインが、ある日目覚めると夫と十七歳の娘がいる四十二歳のオバサンになっていた。という、これもなかなか苛酷な話。

ヒロインと友人のエピソードはごくわずか。しかし、静謐な中に垣間見える強い思いがとても印象的です。

ご紹介した本は両方「女の友情」がテーマのお話ではありません。友情をメインに据えない物語で「友達っていいもんだなぁ」と思う、この辺りに女の友情の機微が隠されているのかもしれません。

（２００９年１月・本稿以下全４回を連続掲載）

妻の身内意識を高めたい？

Q　私の妻は、私の母や兄弟、つまり、義理の母や兄弟を自分の母、兄弟とは考えられないようです。同じように考えられるようにしてくれる本を教えてください。

A　まず質問。
あなたは奥さんのご家族に自分のご家族と同じように接することはできますか？

試しに自分のご家族と居間で過ごされることを考えてみてください。晩飯食ってダラダラ過ごしてコタツでごろんと横になったりしますね。テレビ観ながらぬるい会話を交わして、そのうち眠気が来たら一寝《ひと》入り。

「ちょっと、後片付けくらい手伝ってよ！」

「後でやるから置いといて〜」

お母さんとこんな攻防を繰り広げつつ、お酒の入ったお父さんの語りがうるさくなってきたら誰に断るわけでなくしれっと別の部屋に逃げ。たまには「うるさいな！」とケンカも勃発《ぼっぱつ》。

はい、ここまで徹底的に油断できるのが「自分の家族」との間合いです。

えー、これ、配偶者のご家族と普通にやれるという方がおられたらそれはそれですごいと思いますけどね？　自分の家族と同じように、というのは要求からして無理があると思います。やっぱり相手の家族には緊張するし、ちょっといいカッコしたいもんでしょう。

そこでお薦めしたいのが新井素子さんの『結婚物語』（角川文庫／現在中公文庫）並びに『新婚物語』シリーズ（角川文庫）です。あるカップルの結婚と新婚生活にまつわる物語ですが、旦那さんと奥さんがそれぞれ「相手の家族」への間合いをぎこちなく微笑《ほほえ》ましく探していく姿も端々に描かれています。緊張する、ちょっと恐い、でもいい関係を築きたい、そんでちょっといい婿・いい嫁と思われたい……そんな当たり前の苦悩と努力は、発表されて二十年以上経つ今でも温かな共感を呼び起こします。

またこのお話は「相手方の家族」もいいんだ。婿・嫁に好かれたいと緊張してぎくしゃくしたり。でも他人なんだからそれが当たり前。その当たり前を書いてくれていることが温かい。

奥さんへのお薦め本とのことでしたが、ぜひご夫婦で読んでみてください。どうぞ奥さんと仲睦《むつ》まじく……。

（２００９年６月）

本を薦めないことがお薦め

Q　小学校六年生の娘に、少女期の多感な時期に少女文学を読んでほしいのですが、読みたがりません。どうしたら読んでもらえるでしょうか。

A　娘さんに本を薦めないことをお薦めします。

私も『赤毛のアン』（モンゴメリ／新潮文庫ほか）や『若草物語』（オルコット／角川文庫ほか）は大好きでしたが、私はこれを学校の図書室から自力で見つけた覚えがあります。赤毛のアンは名作アニメシリーズで興味を持って原作本を探したんだったかな。ともあれ、大人の手を借りずに自力で見つけた本だからこそそれは「私の見つけた宝物」であったわけです。

子供の読書は「自分で見つける」ことがスペシャルなんです。大人のガイドがついている品物はそれだけで魅力半減。お母さんが今までに赤毛のアンを熱心に薦めていたとしたら、その熱意に反比例して娘さんの興味は失われていることでしょう。

逆転の特効薬は娘さんと同じ本を読むこと。まずは娘さんの本読み仲間になりましょう。自分の好きなものに理解を示してくれない人が薦めるものに興味など持てないのは大人だって同じです。同じ本の感想を話せるようになって初めて娘さんとお母さんの間のチャンネルは開くのです。

「本の薦めっこしようよ」目指すべきはここです。そのうえで娘さんの冒険活劇ファンタジック嗜好とお母さんの少女ロマンチック嗜好が両立している作品として、『はなはなみんみ物語』（わたりむつこ／岩崎書店ほか）をお薦めします。小人の一家が滅亡した小人王国と魔法をめぐって旅する冒険譚ですが、瑞々しい友情や淡い恋まで抜からず押さえる上質エンターテインメント小説です。『だれも知らない小さな国』シリーズ（佐藤さとる／講談社文庫、単行本、青い鳥文庫）も同様にお薦め。空想上の存在であるコロボックルが本の中には確かな質感を持って実在しています。こちらもやはり作中で展開される淡い恋が見どころ！　私的にはむしろそれこそがメイン！

これらを読んで娘さんが少女的要素に目覚めなかったら、そのときは娘さんの嗜好がこっち寄りじゃなかったということで娘さんの個性を大事にしてあげてください。

（２００９年９月）

パワーに溢れた結婚エッセイ

Q　婚活を始めようと思っていますが、誰かと夫婦になるということに現実味がわきません。結婚する覚悟ができるような本はありますか。

A　婚活というのは結婚したい人がするもんだと思っていましたが、必ずしもそうではない方もおられるらしいので先に敢えて一言水を差しておきますと、「別にしたくなきゃせんでもいい程度のもんですよ、結婚なんて」。気が進まないのに何となく世間の重圧で結婚しちゃってうっかり破綻《はたん》でもした日には、結婚するより離婚するほうがよっぽど大変ですから。

結婚しなくてもあなたが失うものは何もありません。でも結婚することで得るものはちょびっとあるかもしれない。結婚なんてその程度のものです。そのうえで婚活を希望する方にお薦めするのは変則的にコミックエッセイから以下の作品です。『婚カツ！』（瀬戸口みづき／講談社）。これ、怠惰な打算的婚活女子を赤裸々に綴った作品でギャグとして面白いのですが、最後にきっと目から鱗《うろこ》が落ちます。婚活に必要なのは多分「結婚する覚悟」ではありません。「私は」と主張する前に「あなたは？」と振り返る心遣いを持てたらきっと幸せな婚活ができます。

そして結婚したい女子必携の一冊としては『オーダーメイドダーリン　幸せの王子様《ベストパートナー》の育て方』（著 高殿円、画 今本次音／飛鳥新社）。私はこれほど実践的な「幸せな結婚指南書」は他に知りません。運命の王子様などおらん！　王子は自分で育てるもんじゃーい！という非常に前向きなパワーに溢れた結婚エッセイです。

無意識の高望みや後ろ向き思考を女子にガツンと指摘しつつ、王子様カスタマイズに適した男子の判別法、絶対に引いてはいけない地雷男の判別法、具体的なカスタム方法まで完全網羅！　全編通してただごとならぬ説得力、しかも読み物として面白い！

ただし女子の手の内がバレバレなので、男子禁制でお願いします。もしお読みになるのなら、女子の思惑を分かったうえで手のひらで踊ってあげるのも男の度量というものですよ、ということで一つ。

（２０１０年２月）

【振り返って一言】　投稿者の質問に応じて本を紹介するという形式のエッセイでした。数冊紹介しつつ、投稿者以外の方も楽しめるように書かなくてはならないので、毎回難しかったです。

痛快極まりない　大迫力の琉球王朝ロマン

「琉球王朝大河ロマン版『ガラスの仮面』」

このコンセプトで発進したという『テンペスト』（池上永一／角川書店）、初っ端からトップギア・フルスロットルで連載を駆け抜けて、ついに書籍化です。

役者が舞台の上で被るのは脆《もろ》くはかないガラスの仮面。舞台は琉球王朝末期、主演女優「真鶴《まづる》」が被るガラスの仮面は「男」であり「宦官《かんがん》」である「寧温《ねいおん》」——類《たぐ》い希《まれ》なる頭脳と才気で性を偽り、有能な宦官を演じ続ける真鶴。しかし！　天が彼女に与えた美貌が、そして押し殺そうとすればするほど強く頭をもたげる乙女の魂が、ともすればガラスの仮面を危うくするのであった！　果たして真鶴の運命やいかに——！

という感じの読み方でオッケーです多分。全編から池上永一氏の「うるせえ、様式だのお作法だの知るか！　面白ければ何でもアリだ！」という気迫が伝わってきます。

やってくれた！　と唸ったのは、いわゆる「時代物」でガッツンガッツン「カタカナ語」を使ってくれるところです。はた織りの杼《ひ》を「シャトル」とか時代物で普通書かない、って普通って何だそんなの知るか。しれっとファッションリーダーなんてコトバも地の文で使っちゃうぞコラァ！　という気合いが痛快極まりない。

登場する女の子たちも歴然と「イマドキ」だったりします。「やっだー、ウッソー、あり得な〜い！」なんて言いそう。いや、言う。彼女たちなら言う。

「あらぁ先輩、顔と首の色が完全に違っちゃってますよぉ。ファンデちょっと白すぎじゃありません？　それに塗りすぎかもー」

「な、何ですってぇ!?　アンタあたしを誰だと思ってんの!?」

「十年前から君臨してる大ベテランですよねー！」

正にこんな感じです。しかし、これが激烈にカワイイ。うわ、メーター振り切った。と思ったのは御内原《ウーチバラ》（大奥）編。待って待って、これはヤバイ。これは派閥が出来るノリですよ。二大主流は真鶴と真美那《まみな》。「俺は真鶴ちゃんだな」「いやいや、やっぱり真美那っしょ」「真鶴だ！」「真美那だ！」「俺は聞得大君《きこえおおきみ》なんだけど」「お前それはマニアックすぎ」とかそういうアレ。しかしそのマニア向けキャラにも思わずクラッと来てしまう瞬間があるから恐ろしい。手玉に取られ放題取られました。ちなみに私は真美那派です。完全に撃墜されました。

ご無礼いたしまして一言でまとめますと、「いいぞ池上永一、やっちまえ！」。ていうかこの人完全に確信犯です。

（２００８年９月）

【振り返って一言】 ある方が「池上永一は変態だ」と（※褒め言葉）。誓って私じゃありません、池上さん。しかし、否定できなかったのもまた事実。その後の『トロイメライ』（角川書店）も然り、実に楽しく破天荒な変態を書いておられるなと思います。

幸せなほど恐くなる　『もいちどあなたにあいたいな』

少女のころ、新井素子は私にとってこの世で一番わくわくする物語を書く作家だった。

そして今、新井素子は私にとってこの世で一番恐い物語を書く作家である。

しかし、この物語を「ホラー」と呼ぶのは多分違う。これは歪んだ家族の物語であり、上質のSFだ。

だが、私にとってこれは「恐い話」である。

近年、新井素子が書く人物はその気持ち悪さにおいて他の追随を許さない。親しみやすい語り口でそれぞれが胸の内を語り、その親しみやすさゆえにそれぞれの理屈を納得しそうになるのだが、この親しみやすさが罠だ。読んでいてどうにも気持ちが悪くなる。特に物語の根幹に関わる人物ほど。そして私ははたと気づくのだ。語られる理屈がそれぞれ歪んでいることに。微妙な傾斜をつけて建てられたトリックハウスのように、登場人物はそれぞれに私を酩酊に誘う。気づくとすっかり悪酔いしている寸法だ。

共感できないのにその親しみやすさでするりと忍び込んできて剝《は》がれない、その気持ちの悪さが恐い。おねがい剝がしてこの人たち剝がしてー。

じたばたしていたらポンと共感できる人が現れる。そして真の恐怖はここからだったと私は思い知るのである。新井素子はいつだって私が「一番恐い」と思っていることをざくりと突きつけてくるのだ。

私がこの物語を「恐い」と思うのは、たぶん私が幸せだからである。

ようやく共感できる人物に巡り会えたと思ったら、その人物こそが私の恐怖のトリガーだ。そうして私は先に眠っている夫の寝息を確かめたりしてしまうのである。日頃は梨のつぶてになっている親に急に電話してみたりしちゃうのである。

トリガーの人が愛する人々に巡り会えることを祈りつつ――その先行きは恐いので深く考えないことにする。


（２０１０年１月）

【振り返って一言】　よもや「素ちゃん」の小説の解説を書く日が来るとは思いませんでした。（『ハッピー・バースディ』角川文庫巻末解説を担当。本稿『もいちどあなたにあいたいな』は新潮文庫）
作家の世界に来ても憧れの人のままでいてくださるのは本当にありがたいことです。

恋する気持ちは変わらない

その人を「男の人」とは思わなかった。

私にとってその人は「大人」だった。私はまだ学校に通う小娘で、その人は父と同じ会社の人なのだから、そんなことは考える余地もない。

その人を何か意識するような対象になんて。同じクラスの男の子を「付き合うなら誰がいい？」と女の子同士で品定めするようなことを、自分より圧倒的な「大人」に対して思いつくはずがない。

私は「子供」の箱に入っていて、その人は「大人」の箱に入っている。箱の中身が混じり合うことはない。

そのはずだったのに——どうして、

——舞台装置を現代に置き換えてみても直球胸キュン恋愛物語じゃないですか、これは。

というのは『大きな森の小さな家』シリーズ（ローラ・インガルス・ワイルダー／講談社ほか）、その中の『大草原の小さな町』、『この輝かしい日々』のことであります。

開拓時代のアメリカに生まれたローラが成長し、生涯の伴侶と巡り会う展開に突入するのですが、これが甘酸っぱいの何のって。男の子にキャンディをもらうだけで学校の噂になるような時代、恋愛だの結婚だの遠い未来のことのように思っていたローラは「結婚なんて考えたこともないわ（＝考えたくもないわ）」とか吹いてるわけですよ。ところがどっこいしょ。

恋はいつでも突然舞い降りるのです。その人に出会ってしまうのです。戸惑っている自分をよそに、気持ちはどんどん満ちていきます。そしてその気持ちにコントロールは効かないのです。

父さんも母さんも教えてくれないその気持ちはローラを掻き乱すだけ掻き乱します。しかし私たちは知っているのです、その掻き乱されることさえも恋の甘さの一つだと。ローラの生きた時代は百五十年近く前です。その頃の恋と現代の恋、社会の様相は変わっても恋する気持ちは変わらない。私たちはローラの恋をリアルになぞることができます。モスリンのドレスを着た少女もセーラー服を着た少女も、些細なことでときめいたり落ち込んだり、乱高下する気持ちは驚くほどそっくりです。恋はすべての時代の共通言語だと魂に刻み込まれた本でした。

ちなみにシリーズ第一作が上梓されたとき、筆者は六十五歳です。その年齢でこれほど瑞々しい恋を描けるということが、「恋の奇跡」を証明しているとも言えましょう。

（２００９年２月）

【振り返って一言】　人生で二番目の恋愛小説でした。人生最初の恋愛小説は『だれも知らない小さな国』（佐藤さとる／講談社文庫ほか）。

抑制された筆で語る有事の覚悟

これほど強い意志に貫かれた原稿は他に知らない。

決して読者の感情をいたずらに揺さぶり、物欲しげに共感や涙を煽るようなドキュメンタリーにはすまいという鉄のような意志だ。

この意志の裏側に、私のよく知っている人たちを見た。

自衛隊という組織に務める人たちの忍耐と清廉さが、この本を拠って立たせる背骨となっている。

小説という別のジャンルからだが、私も自衛隊という組織と付き合って十年ほどになる。

私が彼らに話を聞くのはもちろん平時だ。平時に「有事」の心構えを聞く。彼らは平時はとても親しみやすく、楽しい人たちだ。気軽な冗談や雑談を話すのと同じ口から、さらりと有事の覚悟は語られる。

いつしか、「あわや」という時事を耳にすると「彼らはどう考えるだろう」「どう動くだろう」と考えるようになった。

「あわや」が収まった頃に「あのときはどうしておられましたか」と尋ねる。彼らの返事と私の予想が大きくは食い違わないようになってきた。

そして、あの日——３・11である。

「あわや」どころではない、完全なる有事だ。彼らはどう動いたのか。

私が平時に聞いていた彼らの心構えには、何の嘘偽りもなかった。日頃の鍛錬にも妥協や慣れは何一つなかった。

その事実を『兵士は起つ　自衛隊史上最大の作戦』（杉山隆男／新潮文庫）は淡々と教えてくれた。

私が「知っている」と思っている彼らが、そのまま『兵士は起つ』の中にいた。

抑えた筆致は、自衛隊をよく知る人ならではだ。

本書のエピローグで、一人の陸上自衛官が語る。

「自衛隊は目立たないほうがいいのかな、と。自衛隊が大きく報道されるってことは、やっぱりそれだけ大変なことが起きているということなので……」

私は空自で3・11に関してまったく同じ趣旨のことを聞いた。

「自衛官をヒーローとして書かないでください。本当なら自衛官は活躍しないまま退官することが一番いいんです」

きっと海自でも同じことを言う人がいる。それは三幕に共通する彼らの志だ。

その志に常から触れている人だからこそ、これほど冷静に、公正に「あの日の彼ら」をリポートすることができたに違いない。

いくらでもドラマチックに、ヒロイックに書くことが可能な題材である。しかし、それを誰より自衛官たる彼らが望まないことを筆者は知っている。

その抑制された筆が誠実に掘り起こすのは、「自衛官の本領」である。発揮することなど未来永劫ないままであれと願いつつ、彼らはそれを鍛錬することを決して怠らない。

本書の言葉を引用する。彼らは「来るか来ないか分からない、〈いつか〉のために備えている」。「〈いつか〉がきょうであってもあしたであってもいいように」。

それは掛け値なしの事実であった。彼らにとってはことさら声高に語るまでもない、単なる事実に過ぎなかった。そのことは、既に何度も証明されている。

自衛隊に関してはさまざまな意見があろう。思想信条もあろう。しかし、私たちの「日常」が、彼らの覚悟に支えられていることだけは紛うかたなき事実である。

彼らの覚悟があってこそ、私たちは有事のことなど日頃は忘れたような顔をして生きていられる。

そのことが改めて身に沁みた。

（2013年3月）

【振り返って一言】 自衛隊をなくせという方には『民間防衛』（原書房）を読んでいただきたい。スイス政府が国民に配布している国防の指導要領です。防災についての指導要領でもあります。

心に響いた一文

「悪いな」とか「すまないね」とか、今度こそねぎらいの言葉があるだろう。私は期待したが、父は無言であった。黙って、素足のまま、私が終るまで吹きさらしの玄関に立っていた。

『父の詫び状』（向田邦子／文春文庫）より

向田邦子が自身の父について書いた随筆である。

夜更けに生きた伊勢海老《いせえび》が一匹到来したが、筆者はそれを料る思い切りがつかない。自分で手を下すことが忍びなく、知人にあげてしまう。伊勢海老の入った籠を置いていた玄関には臭いが残り、筆者は「海老一匹料れなくてどうする、だからドラマでも人を殺すことができないのだぞ」と自分を叱りながら三和土《たたき》を洗う――この導入部から一転して玄関先で父親に叱られた思い出が浮上する。一つ思い出すと数珠玉のようにいくつも連なる。

几帳面で口うるさく、家族には時に横暴とも思える父である。保険会社の支店長をしており、家には来客が絶えず、家族はもてなしにてんてこ舞いだ。しかし父からねぎらいなどは一切ない。

引いた一文は、少女であった向田邦子が酔客《すいきゃく》の粗相した吐瀉物《としゃぶつ》を片付けていたときのものである。

無遠慮な客が吐いたものを片付ける娘に、やってきた父は一言も言わない。それは日本に数多《あまた》生息する不器用な父親たちの姿そのものである。

一言くらい謝ればいいのに、という場面で頑《がん》として物を言わないのが父親という生き物なのだ。

潔癖な若者がそうした父親を許せるようになるには長い時間が必要だ。私自身もそうだった。

だが、潔癖な若い頃にこの一編を読んでいたことが、その長い時間をほんの少し縮めてくれたような気がしてならない。

（２０１１年９月）

【振り返って一言】 何度読み返したか分かりませんが、何度でも面白い。「向田邦子は突然あらわれてほとんど名人である」という評をどこかで見ましたが、これほど端的な向田邦子評はないのではないかと。

映画も黙っちゃいられない

愛する映画作品たち

好きな映画を思いついた順に挙げていくと……トップバッターに出てくるのはやはり『ガメラ 大怪獣空中決戦』『ガメラ2 レギオン襲来』ですね。私が小説を書くうえで、ものすごく影響を受けた作品だと思います。怪獣映画なのに、嘘くさくない。ガメラという嘘、怪獣出現という嘘に対して、「どうやって対応する？」というリアクションの部分がリアルだから、物語全体として嘘じゃなくなってるんですよ。例えば、レギオンが襲来した時に、「ガメラの援護射撃を！」と言った人間に対して、幕僚長が「我等の火力は無限ではない！」と言う。ガメラが敵か味方かまだ分からない以上、ここで火力を使うことはできないわけです。あのあたりの判断とかせめぎ合いが、すっごくリアル。

ひとつの大きな嘘の周りに、アクチュアル（現実的）な要素を積み重ねていくという方法論を、私はこの二作に教えられました。だから自分でも、横須賀にザリガニが押し寄せて来たという話（第三作『海の底』）を、嘘じゃないように書くトライができたんですよ。映像でやれるんだったら文章でできないはずがない！　と思ったんです。それと、『2』はとにかく永島敏行がかっこいい（笑）。一人の女を巡る、二人の対極な男の恋愛劇も、しっかり堪能させてもらいました。

もう一本、絶対に欠かせないのは『大脱走』ですね。捕虜収容所から脱走する話なんですけど、脱走計画を楽しそうに練っている男たちが熱くて、かっこよくって。それから、細かなエピソードの積み立て方が素晴らしい。象徴的なのは、エンディングです。何度目かの脱走をしたスティーブ・マックィーンがナチに捕まって、収容所に帰って来る。その後、いつものように独房の壁でキャッチボールを始めるんですね。実はこれ、オープニングとラストで、画自体はまったく一緒なんです。でも、ラストではほんのちょっと変化が生じている。その変化が、物語に素晴らしい余韻をもたらしているんですよ。物語の見せ方を、この映画でたくさん勉強させてもらいました。

父が映画好きだったので、子供の頃は無差別にいろいろ観せられていました。映画館やテレビの日曜洋画劇場でも観ましたし、当時レンタルビデオがやっと普及し始めた頃で、父がずっぽりハマってガンガン借りてきて。昔は有難迷惑《ありがためいわく》なところもあったんですけれど、父のおかげで出会えた映画は多いです。

そのうちの一本が、『ファイナル・カウントダウン』です。お話的には定番のタイムパラドックスもので、あっさりしてるんですが（笑）、中盤のゼロ戦vsトムキャット戦！カメラワークがちゃんと考えられていて、機体の位置関係がはっきり分かるんですよ。あのシーンのためだけにでも観る価値がある。空戦シーンは『トップガン』のF－14（トムキャット）より好きですね。

『眼下の敵』も、父に付き合わされて、子供の頃に観てハマりました。軍艦と潜水艦の心理戦がひたすら続くんですが、燃えますねぇ。艦長の二人は敵同士なんだけれども、戦っていくうちに相手のことを認め合うようになる。二人とも引けない事情をちゃんと背負っていて、どっちが悪いってわけじゃなくて、ただ生まれた国が違っただけだっていう切なさやるせなさを出しつつも、とにかくドイツ軍の艦長がかっこいい（笑）。

宮崎アニメで一本選ぶなら、『風の谷のナウシカ』。小学六年の時、初めて観たジブリだったと思うんですが、ナウシカに憧れましたね。初めて「ヒーローみたいなヒロイン」を観たんですよ。それまでの冒険活劇の主人公って、だいたい男の子だった。男の子に守られるだけのヒロインじゃない、自分だって活躍したかったんだという願望を、世の女の子たちは『ナウシカ』を観ることによって気付かされたんじゃないかな。

『ライフ・イズ・ビューティフル』は、ひたすら泣きました。映画を観て声を上げて号泣するって、これが初めてです。ナチスのユダヤ人収容所に入れられ最悪の切羽詰まった状況でも、お父さんは息子の前ではおどけててくてく歩く。本気の嘘をつく。人間はここまで美しくあることができるんだ、人生はこんなに美しいんだっていうことを、てらいなく、堂々と描いてる凄み。大好きな映画です。

うってかわって『トレマーズ』は、バカ映画です（笑）。低予算のB級映画なんですけど、ケヴィン・ベーコンが素敵なんですよ。荒っぽいヤンキーの兄ちゃんなんだけど、〝育ちは悪いが機転は利く〟。主人公が機転を利かせることによって生じるカタルシスが、小気味いいんですね。「あんなガリ勉のメガネの女」とか言ってたヒロインとのラブコメもいいさじ加減で。これと『ブロークン・アロー』が、私の中では2大B級映画です。ち

なみに『ブロークン・アロー』はクリスチャン・スレーターを一番かっこよく撮れてる映画だと思ってます。以上！（笑）

映画本編の前の、予告編も大好きです。「この予告編から、自分だったらどんな物語を作る？」という遊びにハマっていた時期もありますね。そういった予告編の中にまぎれていたのが、ショートアニメの『紙兎ロペ』。東宝の映画館に行くと、一本二分ぐらいのこのアニメが以前観られたんです。

お話としては紙兎のロペと紙リスのアキラ先輩が、ただしゃべってるだけ。でも、二人が本当にかわいくて、やんちゃだけどいいコで！　脱力系でイチイチおかしいんだけど、ときどきグッとくるものが入ってたりするのもいいんですよね。

『秘密結社 鷹の爪』も一応「悪の組織」なのに、総統がいい人でいい人で。部下の〝吉田くん〟に振り回されちゃって、かわいいかわいい。見所……とか語るのもバカバカしくなるくらい、いろいろバカバカしいんですけど（笑）。ギャグがハイブローで、「島根は地味だから日本地図から消えててもわかんない！」……ええーっ!?（笑）　笑かしてもらいました。

選んだ作品の共通点ですか？　どう見てもないだろうコレ！（笑）　どれだけお前は雑食かってことですよね。強いて言うとしたら、「面白さに貴《き》賤《せん》はない！」。『ライフ・イズ・ビューティフル』に号泣する気持ちと、『鷹の爪』のバカバカしさに笑っちゃう気持ち、どちらが上ということはないんですよね。

（2013年4月・談）

【振り返って一言】『ロペ』は最近、告知用フィルムが多くて寂しい限り。マナー告知のフィルムは『鷹の爪』バージョンを復活してほしい。

切れ味鋭いギャグの連続　『秘密結社 鷹の爪 ＴＨＥ ＭＯＶＩＥ３』

映画館で非常に嫌だったできごと勝手にワースト3。

・上映中に近くの席でマナーモードの着信が入った（けっこう遠くまで響きます）。
・あまつさえその携帯を持ち主が取った（暗がりを広く引き裂く液晶のバックライト）。
・あろうことか持ち主がそのままメールを打ち始めた！

小僧、「上映中の携帯電話は禁止じゃ！」という上映前の総統のお言葉を聞いていなかったのか！　――と私だけでなく周囲の皆さんも暴力的な衝動に駆られたはずです。あのとき私たちの心は一つだった！

小僧の両脇数人は連れのようで注意せず、直接声をかけられない周囲は苦々しく我慢。小僧は平然とメールを打ち続けています。

叶うものなら席をまたいで躾《しつけ》の悪い小僧っ子に飛びかかり、携帯を取り上げてへし折ってやりたいと思いましたが、総統は「上映中は前の座席を蹴ってはいかーん！」とも仰っています。きっと総統は暴力行為全般を戒《いまし》めていらっしゃるので思いとどまりました。マナーを守らない観客はふくろっとじだと鷹の爪団戦闘主任・島根の吉田君も言っています。いくら腹が立っても暴力行為でふくろっとじな観客になるわけにはいきません。

というわけで、ＴＯＨＯシネマズで映画を観たことがある方なら必ず彼らに会ったことがあるはずです。切れ味鋭いギャグを交えつつ上映中のマナーを呼びかける秘密結社・鷹の爪。あなたもあなたもご存じですね、あのぶっとい線のアニメの彼ら。

そんな彼らが何と映画になりました。寡聞《かぶん》にして存じ上げなかったのですが、実は映画はこれが三本目でTVシリーズまで展開したそうです。私と同じく彼らの出自を知らない人でも大丈夫、作品内でDVDの販売・レンタルの宣伝もされています。

何しろキレキレのギャグの連続なので紹介が非常に難しいのですが、頑張ってまとめてみますと——

「遊びゴコロだぜ！」

「島根が世界に羽ばたいた！」

「総統、存在が大ピンチ！」

よし、うまくまとまった！「ホントかよ！」と思った方は劇場で確認だ！

『秘密結社鷹の爪 THE MOVIE3 http://鷹の爪.jp は永遠に』はあなたにハイテンションかつハイクォリティな笑いの時間をお約束します。

（２００9年12月）

【振り返って一言】 どれほど好きなんだ『鷹の爪』。

その奥にある豊かな余白　『武士道シックスティーン』

原作は誉田哲也氏の『武士道シックスティーン』(文春文庫)。

小説の映画化に関しては個人的に鑑賞のハードルを一つ挙げさせていただくことにしている。いや、映画化うらやましいな畜生！　ということではなく(ちょっとはあるか)。

作家は基本的に報われることが少ない商売だ。安定がないうえに稼ぎも世間様がイメージしているほどではない。専業で食えるのはごく一握り、売れねば次の本も書かせてもらえない。何かを得るときは必ずそれ以上の苦痛を支払い、歯を食い縛って売れる本を書いてもちょっとメジャーになると「この人は売れてるからもういいよね」とほっとかれる枠に入ってしまう。あげく常に風化する恐怖と道連れだ。

そんなわけで小説の映画化に関して私が付け加えるハードルは、「原作小説が幸せになれるかどうか」である。映画だけ成功しても、その成功が原作である小説に帰ってこなかったら悲しい。

だが、実はこのハードルは地味に高い。元来、小説の映画化は難しいのである。何故なら文章と映像では「時間」の密度が違うからだ。文章において時間の濃縮は自由自在だが、映像は十秒かかる動作に明確に十秒を必要とするのである。しかし映画に与えられた尺はせいぜい二時間。小説の中で一年が語られているとすれば、二時間で一年を語らねばならない。うっかりすると舌足らずになり空疎になる。

そこで重要になるのは省略と余白である。二時間の尺でカタルシスを得られるように小説から物語やキャラクターの中核を抽出して表現しつつ、その奥に豊かな余白を感じさせることが重要になってくる。

『武士道シックスティーン』はお見事であった。現代にタイムスリップしたサムライのごとき質実剛健な剣道少女と、へなちょこのくせにこのサムライに唯一勝ったかわいこちゃん、そして二人を取り巻く友人や家族に至るまで、映画にのめり込ませつつも「この人たちの物語をもっと知りたい」と思わせてくれる。小説には映画が敢えて触れずに粋に残した奥行きがある、そして更には『武士道セブンティーン』『武士道エイティーン』（ともに文春文庫）があるのである！　まずはこの心躍るフィルムを味わい、映画館を出たらその足で最寄りの書店に駆け込もう。

（２０１０年４月）

［振り返って一言］　『武士道エイティーン』の解説は僭越ながら私が書かせていただきました。その解説で「『ナインティーン』をぜひ！」と熱望しておいたのですが、ついに出ました。ナインティーンではなく、『武士道ジェネレーション』（文藝春秋／2015年）。ありがたいながらもずっこける。発売日に確保してしばらく、誉田哲也さんから献本を頂戴して、ありがたいながらもずっこける。もう買っちゃってますよ、とっくに！　発売日に買わないわけがないじゃありませんか！　いいんです、『武士道』の売上げに貢献できたんだから悔いはありません。というわけで、うちには『ジェネレーション』が二冊あります。

見たいと熱望していた香と早苗の将来を、しっかり見せていただきました。「驕るな。しかし僻むな。そして誇りを取り戻せ」というメッセージが籠められた物語でした。

見事な幕引きでした。

トイレの謎がつなぐ絆『トイレット』

観光地の偏差値はトイレで計られる、というのが私の持論である。この持論に基づきエッセイや小説を書いたことがあるほどだ。

観光地として成功しているところは必ずトイレの偏差値が高い。トイレットペーパー完備と水洗は当たり前、掃除も行き届いて清潔。便器は和式と洋式を揃え、更には音姫やウォシュレットまで。

どんな名所旧跡グルメがあろうと、トイレが汚かったら台無しである。腹具合が退《の》っ引きならないときに当たったトイレが掃除をされていない汲み取り式、おまけに紙が切れていたなんてことになったら、末代までその観光地はかの客にとって呪われし土地と刻まれることであろう。生きている以上、食べたものは必ず出る。であれば、グルメを売りにするときは必ずトイレにも力を入れねばならない。かようにトイレは地味に重要なのだ。

そして映画『トイレット』である。この大胆不敵なタイトルの物語にも、やはり食とトイレがセットで描かれている。

登場人物は日米ハーフの三兄弟と日本人のばーちゃんである。共同生活のささやかな謎はトイレから始まる。ばーちゃんは朝のトイレが長い。ばーちゃんはトイレを出ると必ず深い溜息を吐く。一体なぜ？　そんなもの訊けばよさそうだが、ばーちゃんは英語が話せないのである。

ばーちゃんを演じるもたいまさこがすばらしい。始終仏頂面で、何一つ声を発しない。老人らしいゆるゆるとした動きで家の中を行き来する。ただそれだけなのに、その存在感たるや。三兄弟も観客もばーちゃんが登場すると目を離せなくなる。一体何をするのか、何を思っているのか。少しでも読み取ろうとばーちゃんをひたと見つめる。

ばーちゃんとトイレの謎に気づいた長男はばーちゃんと距離を置いているが、打ち解けるきっかけは食事だ。そしてばーちゃんと向き合った長男は、やがてトイレの謎にも気づく。食事とトイレは物語の中で見事な円環を為している。食べたら出す、出したら食べる。その最も基本的な生命の営みが三兄弟とばーちゃんの絆を結ぶ。

トイレで始まった物語はトイレで終わる。ラストシーンには様々な感想があろうが、当のばーちゃんはニヤリと笑っているような気がしてならない。

（２０１０年８月）

［振り返って一言］　映画紹介のコラムを持っていたので、この頃は自分ではなかなかアンテナに引っかからない映画を観ることが多かったです。

超一流のB級映画『RED／レッド』

クレイジーである。

そして粋である。

久々に洋画で「黒船」が来た。正しいエンターテインメント精神に則って作られた超一流のB級映画である。――この「超一流」の「B級」というところにニュアンスを汲み取っていただきたい。

観客を楽しませることを至上命題としたエンタメは概ねB級である。ただし、B級だからといって手を抜いてはいけない。それではC級、D級になってしまう。B級の筋立てを大真面目に練り、プロ意識を持った一流のスタッフが全力を尽くしてこそ、B級は娯楽の王道を歩む真のB級たり得るのである。

『RED』の頭文字はRetired（引退した）Extremely（超）Dangerous（危険人物）――その正体は引退して年金生活を送る元CIAの凄腕スパイだ。このキャラクター造形で既にB級の匂いがぷんぷんする。

電話で話すだけの年金課の女性にほのかな思いを寄せている主人公の元に、ある日突然暗殺者が！　しかし一瞬で返り討ちにし、年金課の彼女まで巻き込んで逃亡。そしてかつての仲間を集めて『RED』が再結成される――追っ手はCIAの腕っこき、果たして

『ＲＥＤ』は現役スパイを出し抜いて陰謀を暴けるか？

この超Ｂ級の内容に投入されるのがブルース・ウィリスにモーガン・フリーマン、ジョン・マルコビッチにヘレン・ミレンである。『クイーン』でエリザベス女王を演じ、アカデミー賞を受賞したヘレン・ミレンが、眉一つ動かさず重機関銃を乱射するのである。激しく豪華だが激しく何かが間違っている。喩《たと》えて言うならアワビとフォアグラと伊勢エビと神戸牛で超高級ミックスフライ定食を作ってみました的な。普通その素材をミックスフライ定食にはしないだろ⁉　しかし美味い、許すしかない！　――というような映画である。

しかし、断じて下品ではないのだ。エピソードは丁寧に積み重ねられ、画面にも重厚な奥行きがある。何より派手なＣＧや特撮でごまかす姑息さがない。そんなものに頼らなくても上質なエンターテインメントは実現できるのだという秘めた矜持がある。その矜持がこの映画を粋にしている。

「若造は引っ込んでな」というキャッチコピーは、新技術に振り回され気味と見える昨今の映画業界にも向けられているような気がしてならない。

（２０１０年12月）

【振り返って一言】『キック・アス』とどっちを取り上げるか迷いましたが、締切の関係上、DVDが先にいただけたこちらに。『キック・アス』も「金髪ツインテール美少女にアクションやらせたかっただけじゃ、文句あるか！」という清々しい欲望が心地好い快作でした。

この映画の主人公は……『阪急電車』

何と言っても自分の原作である。脚本も事前に監修している。手の内は全部分かっている映画なのだ、『阪急電車』は。

試写を観ながら、冒頭しばらくは「うん、なるほど」と脳裡で脚本をなぞっていた。だが、いつのまにやら頭の中で小賢《こざか》しい検算が溶けるように消え失せた。

おそらく宣伝では婚約者を同僚に寝取られた「翔子」のエピソードがメインで取り扱われるだろう。そのエピソードが最も印象的なためだ。

しかし、改めて「誰が主人公ですか」と訊かれると、「誰でもない」のである。寝取られ女「翔子」が映っている間は「翔子」が主人公だが、DVに悩む女子大生「ミサ」が映った瞬間に「ミサ」が主人公になる。またあるときは辛口おばあちゃん「時江」が主役だし、大学デビューを失敗した「圭一」が、「美帆」が、進路に悩む女子高生「悦子」が、PTAの付き合いに悩む「康江」が、くるくると主人公の座を移り変わっていく。

そして彼らの懸命に泣き笑う姿を眺めるうちに、何てことのない些細な場面で、ふっと涙がにじみ、笑いがこみ上げる。エピソードはすべて私が書いたものなのに、どうしてこれほど細かく感情が揺すぶられるのか。

短くまとめたエンドクレジットが終わった。スクリーンが暗転した瞬間、拍手をしたくなった。いやいや、原作者が拍手するなんて手前味噌な、と我慢していると、よその席から拍手が湧いた。たちまち大きく膨れ上がった。

ようやく映画の主人公が誰だか分かった。この映画の主人公は、登場人物たちと同じ『阪急電車』に乗り合わせ、彼らを見届けた観客だったのだ。私は映画館の座席に座った瞬間、原作者という肩書きを剥奪《はくだつ》され、彼らの見届け役として映画の中に組み込まれていたのである。そして、見届け役としての観客が加わらないとこの映画は完成しない。すべての登場人物を繋ぐのは見届ける私たちである。自分が彼らを繋いでいるからこれほど気持ちが震えたのだ。

フィルムから終始作り手たちの温かな思いを感じたが、それは他の誰でもない、映画の最後のキャストとして座席に座る私たちへのリスペクトだったのである。

関西先行上映は明日、二十三日からとなる。東日本大震災の衝撃で自粛ムードが漂っているこんなときだからこそ、映画館に足を運んで上映時間を楽しんでほしい。

自粛は被災地の誰も救わない。阪神・淡路大震災を経験した私たちはそれを知っている。無事な地域は元気に社会と経済を回すことこそが被災地の支援に繋がる。そしてあらゆるエンターテインメントはその手助けができると私は信じている。

（２０１１年４月）

【振り返って一言】『阪急電車』公開を控えた時期に、東日本大震災が発生しました。

宝塚歌劇場で行われた試写会の舞台挨拶で、「自粛は被災地を救わない。阪神・淡路を体験した私たちはそのことを知っています。エンターテインメントを楽しむことを後ろめたいと思わないでください。映画一回分、本一冊分、自分は経済を回すのだと思って、楽しんでください。張り詰めた糸が切れてしまわないために、気持ちのゆとりを作るためにエンタメはあるのです」と語らせていただきました。

それから、全国の舞台挨拶で、中谷美紀さんを始めとするキャストの皆さんが、その言葉をくり返し届けてくださったそうです。

あの時期に、この意志を持って、この映画を公開できてよかったと思います。

阪神・淡路では、立ち直りが早い地域にいながらも恐い思いをしましたが、この意志を迷わず発信できたので、恐い思いをした甲斐があったと思います。

なぜか染みる塀の中の日常『極道めし』

うーむ、これは何とも不思議な見心地の映画である。何しろ舞台が刑務所なので絵ヅラはたいへんに地味である。基本的にはその刑務所の204房に集《つど》った受刑者たちがわちゃわちゃお喋りをしているだけ、と言い切ってしまっても過言ではない物語だ。こちらも雑談を漏れ聞いているような気分で淡々とした鑑賞モードになる。だが、これが観終わると妙にじわじわ来るのである。

受刑者たちのお喋りのテーマは「今までの人生で一番旨《うま》かった食べ物」だ。204房の牢名主《ろうなぬし》的存在である老人の仕切りで受刑者たちはグルメトークを戦わせる。仲間に最も多く生唾を飲み込ませた者が勝ち、勝者は年に一度のお楽しみであるおせち料理を全員から一品ずつ徴収することができる……この204房の住人、味気ない刑務所生活を彩るのがなかなかに上手い。

しかし、そんな204房の雰囲気に馴染めない新入りは、「メシにいい思い出なんかねえよ」とそっぽを向いてしまう。家族に恵まれず、懲役によって恋人と引き裂かれ、新入りはこれ以上ないほど人生を僻《ひが》んでいる。楽しげなバトルを横目で睨《にら》み、同居人たちのトークに難癖をつけては揉め事を起こす。

しかしそんな新入りも、いつしか自分の思い出の味をぽつりぽつりと語り出す……以前自分が難癖をつけたおデブちゃんに難癖をつけ返されて大喧嘩になり、まだ読んでいなかった恋人からの手紙を驚愕の方法で「二度と読めない」状態にされてしまうが、ともかくそれがきっかけで新入りは打ち解ける。始終険しい表情をしていたのが、仲間と語らい、笑顔を見せるようになる。

それは彼が同じ房の仲間に思い出を打ち明けたからに他ならない。おせち争奪戦という名目で２０４房の住人は全員が思い出を交換している。お互いの思い出を知っていたら、人は相手に優しくなれる。

代々２０４房でこのバトルを仕切ってきたという老人は、こうして代々の新入りの荒れた心を解きほぐしてきたようにも思えてくる。

読めなかった恋人からの手紙には何が書いてあったのか。それは知る由もなくなってしまったが、それでも出所した新入りの未来にはほんのりと光が差している。上を向いて涙をこらえた新入りに、きっとこれからいいことあるさ、とエールを送りたくなるのである。

余談だが、パンフレットにはけっこう大胆なネタバレがかまされているので鑑賞後の購入をお薦めしたい。

（２０１１年８月）

［振り返って一言］ パンフレットのネタバレが本当にけっこう大胆だったので、せめて注意の喚起を！　と微力ながらお手伝いの気持ちで締めくくりはこうなりました。

いつか「次の集大成」を『はやぶさ 遥かなる帰還』

かつてスパコンの事業仕分けで「二番じゃ駄目なんですか？」と仰った大臣がいる。だが、研究開発の世界で初手から二番手狙いをするような奴は最下位にしかなれない。何故なら、二番という席次は一番を目指してしのぎを削った結果、惜しくも敗れた者に与えられるからだ。二番手狙いなど、ブービーに地球一周分ほど周回遅れを食らって最下位である。

「はやぶさ」ももちろん一番を目指したプロジェクトだ。

七年をかけて六十億キロを飛行し、小惑星イトカワのサンプルを持ち帰るという前人未踏・世界初のプロジェクトは、はやぶさの帰還によって一躍有名になった。はやぶさの成功は、日本の宇宙開発の集大成でもある。地球スウィングバイ航法の成功は、ミッション失敗に終わった惑星探査機「さきがけ」が礎になっているし、通信途絶した際に命綱となった1ビット通信システムは、百二十億の無駄と叩かれた火星探査機「のぞみ」で培われた技術だ。彼らの遺産ははやぶさに受け継がれた。

作中、藤竜也演じるJAXA広報が「宇宙開発に失敗はない」という理念を呟く。ミッションの失敗＝プロジェクトの失敗ではない。目標達成できなかったプロジェクトも、必ず成果と呼べる技術や経験を蓄積している。宇宙開発は技術や経験が連綿と継承されていくことが最も重要なのだ。はやぶさ計画が発足したのは一九九六年、ミッション達成までに十四年を要したが、単純に十四年かけたらはやぶさ計画が実現できるわけではない。はやぶさを計画できるようになるには一九五〇年代に糸川英夫が打ち上げたペンシルロケットからの蓄積が必要なのだ。

宇宙開発は歩みを止めたら最後である。立ち止まったが最後、開発先進国には二度と追い着けない。日本は少ない予算で懸命に先進国の一員であり続けている。この先もそうあり続けるためには、宇宙開発に対する広い理解が必要だ。

『はやぶさ 遥かなる帰還』はそのことを理解し、支援しようとしている映画だ。彼らが何より訴えたいことは、エンディングの最後のテロップに集約されている。そのテロップは「どうか宇宙開発に理解を」という懇願だ。

はやぶさの成功は現時点での日本の宇宙開発の集大成だ。いつか「次の集大成」を迎えるために、どうか彼らのメッセージを受け止めてほしい。

（2012年2月）

【振り返って一言】　はやぶさ、ネットの動画配信に貼りついていたクチです。NHKがはやぶさ帰還時の生中継をしなかったことは今でも悔しい。あれを中継しなくてどうするんだ！

国家から言葉を守れ　『図書館戦争 革命のつばさ』

このタイミングで自作の映像化を取り上げなかったらおかしいだろう――というタイミングが『阪急電車』に引き続いてまた来た。

『図書館戦争 革命のつばさ』である。

検閲が合法化された近未来の日本。その検閲に対抗する唯一の権限を持っているのが図書館だ。図書館はエスカレートした検閲からあらゆる図書を守って日夜抗争を繰り広げている――

当初は「検閲が合法化されるような世の中になったら嫌ですね」という気軽な気持ちで書いた。だが、この作品を発表して以来、世の中には「うっかり見過ごしたらちょっと恐いことになるかも」といううすら寒い法案や条例がちらほら浮上しているようである。『図書館戦争』における検閲社会の発想のきっかけとなった法案も、運用における細部を詰め切れていない危険性を指摘されつつ未だに成立する隙を窺《うかが》っているようだ。人権を守ることは尊い、しかし誰かの人権を守るために他の誰かの人権が蹂躙されることがあってはならない。まだまだ議論の余地が多い法案に関しては、ぜひ注意深く考えてほしい。

さて、『図書館戦争 革命のつばさ』である。検閲社会が成立してしまったこの世界では、長らく検閲と闘ってきた図書隊がついに検閲を強いる国家機関と全面対決する。きっかけは作家狩りだ。
テロ事件の参考図書になったと思われる小説を書いた作家が、執筆権を国家により剝奪されそうになり、図書隊はそれを守って闘う。そのうち、検閲反対の論陣を張るテレビにも検閲が及ぶ。

劇中、市民の声が聞かれる場面がある。「自分は読書が好きじゃないのでテレビが検閲されるまでは無関心だった」――というような意見だ。これは無理解な市民の一意見ではなく、現実に最も多いであろう多数派の意見として書いた。だが、無関心のうちに言葉を狩られる素地を許してしまったら、いつか私たちは一言喋るにも人目を気にしてびくびくしなければならないことになる――

そんなシミュレーションの材料として楽しんでもらえたら、と思う。原作も映画も籠められた願いは同じだ。『図書館戦争』という作品が「こんな荒唐無稽なことあり得るわけないだろう」というお笑いエンターテインメントであり続けてくれますように。

（２０１２年６月）

［振り返って一言］　計ったように自分の映画の公開時期にコラムの順番が回ってきてました。ありがたいありがたい。

愉快に燃える夢への情熱 『天地明察』

　時は江戸時代前期、主人公は安井算哲（後に渋川春海）。碁打ちにして数学者であった彼は、八百年の長きにわたって使用されてきた暦の過ちを見抜き、新たな暦を作り上げた。『天地明察』は安井算哲が新たな暦を作り上げ、世に広めるまでを描いた物語である。

　原作がすばらしいことは今さら私が言うまでもない。それを『おくりびと』の滝田洋二郎監督が映画にし、主人公の安井算哲を演技力に定評のある岡田准一が演じる。脇の役者も個性的かつ実力派揃い――とくれば、期待しないほうがおかしい。

　だが、この映画は原作をご存じない方にこそご覧になってほしい。暦？　算術？　ダメダメ、全然興味がないわ。そもそも時代物って苦手なの――という方が観れば、「あら？　興味がないテーマばかりなのに、どうしてこんなに観やすいの？」と新鮮な驚きを得られるはずだ。

　安井算哲は幕府の命を受け、現行の暦の過ちを見極め改めるために日本全国で北極星を観測する旅に出る。旅には建部昌明、伊藤重孝という二人の老人が同行する。建部は旅の隊長、伊藤は御典医なのでえらい人のはずなのだが、この二人がなかなか愉快なオジサンなのだ。原作では主人公を凌ぐ人気のある名脇役で、算哲が彼らと旅に出てから物語は一気に加速する。

映画の見どころもここに集約されていると言えるだろう。建部と伊藤は江戸から歩測で距離を測り、北極星の位置を計算で割り出すという勝負に血道を上げている。観測するのだからそんな作業は本来必要ないのだが、キャッキャうふふと実に楽しげに競い合っている。何だこのかわいい生き物たちは。いつしか算哲もじいさんどもの勝負に巻き込まれ、毎日歩測に精を出しはじめる。

老齢の二人の友を得て、最初は幕命であった改暦は算哲自身の夢となる。江戸に戻った算哲は、持てる能力と情熱のすべてを新しい暦に傾ける——

映画はここからヒロインとの恋愛模様に軸足を移したオリジナル展開に突入してしまうが、原作ではここからがまた熱い。

オリジナル展開はパラレルとして楽しんでいただき、映画館を出た後はぜひ書店へ。店頭では文庫化した『天地明察』（冲方丁／角川文庫）があなたを待っているはずだ。映画では惜しくも描ききれなかった男たちの熱い物語を堪能してほしい。

（２０１２年８月）

［振り返って一言］　建部と伊藤は立派な萌えキャラ。

王道を守る勇気　『007 スカイフォール』

ジェームズ・ボンド。世界で最も有名なスパイの名前である、と言い切ってしまっても文句はどこからも出ないだろう。コードネームは007、英国諜報機関MI6に所属する。

全世界で愛されたスパイ物のシリーズだが、ロジャー・ムーアを最上とする私は新作から足が遠のいていた。しかし、先日お会いしたある俳優さんが、「今回の『スカイフォール』には期待している。予告でダニエル・クレイグがアクションの後に袖を直す仕草があった」と仰り、俄然《がぜん》観に行く気になった。

ダニエル・クレイグ、アクションはたいへん硬派でかっこいいのだが、007らしい「遊び」がないのが今まで少々物足りなかった。その彼がアクションをこなして袖を直したという。これは期待できる。英国紳士らしい無駄に気障《きざ》な仕草、これをなくして007シリーズは語れない。

結果として、たいへん満足できる映画鑑賞になった。

監督の007に対するスタンスがいい。時代的にITは取り入れざるを得ないが、やたらとハイテクを駆使する形にはしていない。愛すべきQが意外なキャラクターとなって復活し、微妙にアナログな「秘密兵器」をボンドに支給する。指紋認証付きのワルサーだ。

ジェームズ・ボンドはこうでなくては！　ギミック付きのアストン・マーチンももちろん

登場。ファンが期待するところであの音楽が流れる。

よく分かっていらっしゃる。００７を観に行く客が期待するのは、『ミッション・インポッシブル』のような息つく暇もないハイテクアクションの応酬ではない。古式ゆかしい「お約束」の踏襲なのだ。

００７シリーズには既に王道と呼べる型がある。王道をてらわずやり遂げる勇気がこのシリーズには必要とされる。最近は微妙に迷走気味だったが、五十周年記念作品となる今作にて見事に００７は復活を遂げた。

女性Mを通算七回務めたジュディ・デンチにも今回は改めてスポットが当たり、新たなチームをお披露目するエンディングもシリーズの未来を期待させる。Qも戻ってきたことだし、チームの今後が大いに楽しみである。

敢えてアナログな見せ方に徹し、原点回帰した『スカイフォール』は、私に「王道を守る勇気」を教えてくれた。何でもかんでも新しいものに飛びつけばいいわけではない。温故知新という言葉を嚙みしめながら映画館を出た。


（２０１２年12月）

【振り返って一言】 下手に捻らず王道を貫く、大事なことです。『ミッション・インポッシブル』シリーズ然り、王道アクション大作はお金のあるところがきちんと作ってくれないと。最早、文化の継承と言っても過言ではありません。

ハリウッドのジャッキー・チェンになろうとしているらしいトム・クルーズは、くれぐれも死なないように頑張っていただきたい。

映像化の顚末を楽しんで　『図書館戦争』『県庁おもてなし課』

自著から『図書館戦争』と『県庁おもてなし課』が立て続けに映画化されることになった。どちらも熱意あるキャストとスタッフに支えられ、たいへん面白い作品にしていただいた。

さて、小説の映像化となると原作ファンの方から必ず上がる声が「原作を一切変えないで！」というものだ。原作原理主義と自称する方もいるらしいが、この原作原理主義に映像化が添えない理由をこの機会に説明したい。

どれほど誠実に作っていただいても、小説を映像にした時点で、原作とは絶対に変わる。それは、小説が「文章で読んだときに最も面白い」手法で書かれているからだ。小説の流れをそのまま順番に映像に起こしていっても、それは絶対に原作を超えられない。映像化でオリジナルの切り口が加わるのは、映像が文章と勝負するためである。

そしてまた、映像側が何をしようと、それで作品自体が揺らぐほど脆弱《ぜいじゃく》なものは書いていないという自負が作家にはある。仮に失敗されたとしても、作家としての自分には何のダメージもない。だからこそ映像化を許可できる。「原作から一切変えてくれるな」というご意見は、別の角度から見ると「作家の力を信用していない」ということでもあるのだ。

私は原作の映像化を預けるときには「面白くなるなら何をどう変えていただいてもかま

い。

いません」と言う。「面白くなるなら」という前提は私から映像化スタッフへの挑戦状だ。この言葉を受け止められる人にしか自分の作品は預けない。映像化は私がそういう人と出会った証明でもある。そのうえで、できることなら読者さんにも映像化の顚末《てんまつ》を楽しんでいただきたい。成功したときは一緒に喜びたいし、失敗したとしても一緒に笑い飛ばしたい。

『図書館戦争』と『県庁おもてなし課』、私の作品の中でもまったく毛色が違う二作の同時映画化である。時期は偶然の産物だが、同じ作者で公開が連動するのはおそらく初めてのことで、結果としてかなり挑戦的な企画となった。作品的にはどちらも文句なしのクォリティだが、興行がどう転ぶか分からないのが映画の世界だ。丁と出るか半と出るか、ぜひ劇場で感触を確かめていただきたい。成功したときは成功の理由を、失敗したときは失敗の理由を分析するのも楽しみの一つとしていただけたら、この二作の映画化を味わい尽くしたことになるのではないだろうか。

（２０１３年４月）

［振り返って一言］　映像化に対して、もうちょっとだけ寛容さを。よろしくお願いします。

甘く見たら斬り捨てられること請け合い　『ＨＫ変態仮面』

自作が映像化されるようになって、俳優さんとのご縁も増えてきた。

「あの人が出ているから観てみようかな」と自分のアンテナからは漏れていた映画を観る機会も増えた。

そんなふうに観た映画の中で、二〇一三年上半期に燦然《さんぜん》と輝いている映画が『ＨＫ変態仮面』である。

『阪急電車』で翔子（中谷美紀さん）の婚約者役を演じてくださった鈴木亮平さんの初主演映画だ。鈴木さんが演じる主人公は、女性のパンティーを顔に被ってスーパーヒーロー「変態仮面」に変身する男子高校生である。

果たしてぶっ飛んだ設定に自分がついていけるのかと危ぶみながら劇場で拝見したが、これがすばらしかった。

女性のパンティーを被って奇声を発し、服を脱ぎ捨てパンツ一丁のマッチョに変身。やっていることは完全にアウトである。変態である。しかし、その主人公がただのキワモノに堕ちていないのだ。

主人公は自分の変態的な所業に葛藤し、好きな女の子に秘密がばれはしないかと怯《おび》え、しかし目の前の悪を見過ごすことはできないと勇気を振り絞ってパンティーを被る。そこには等身大の高校生としての苦悩があった。最初はキテレツな画に呆気に取られるばかりだったが、いつしか主人公の純粋な思いに共感していく自分がいた。観客を「変態」に共感させるとは、一体何という演技力だろう！

　鈴木さんは「もし変態仮面が実在したら」というリアリティにこだわって演じられたという。独特の動きもさることながら、特に心情には気を遣われたのではないか。キワモノキャラをただのコントとして処理せず、生身の人間として命を吹き込むには、奇抜な設定に惑わされずに真摯に役を咀嚼《そしゃく》することが不可欠だ。

　それにしても、あまりにも奇抜な「変態仮面」を生身の人間として成立させることは、たいへんな挑戦だったに違いない。しかし、俳優・鈴木亮平は見事にその戦いに勝った。「演じる」という表現の可能性を大いに見せていただいた。（ちなみに、「変態仮面」のライバルとなる「ニセ変態仮面」を演じた安田顕さんも、ご本人の性癖が危ぶまれるほどのすさまじい変態ぶりを見せつけていた。作中ぶっちぎりの変態助演男優賞を差し上げた

い）

完全にアウトで変態なコメディ映画である。しかし、その笑いは抜き身の刀で斬り結ぶような俳優の気迫に支えられていた。甘く見ていたら一刀の下に斬り捨てられること請け合いである。

気をつけられたし。

（2013年10月）

【振り返って一言】　大真面目にバカをやってくれる役者さんは大好きです。そういう役者さんはとても信頼できます。実写の堂上教官も、迷いなくひらパー兄さんをやってらっしゃるところがたいへん素敵。

ところで映画『図書館戦争 THE LAST MISSION』×ひらかたパークのコラボ企画もあったのですが、「守り抜く。何度でも」という本家キャッチに対して「利用する。何度でも」というキャッチが秀逸でした。パロディはこうあらねば！

スラムの犬、億万長者

みのもんた氏が解答者に「ファイナルアンサー⁉」と凄むたいそう有名なアレです。「〇〇でFA」なんて言い回しもブログや何かで随分流行りましたね。

クイズミリオネア。

実は世界八十ヶ国で放送されているワールドワイドに息の長い人気番組だそうです。四択のクイズに正解していくだけで賞金がどんどんつり上がり、「億万長者〈ミリオネア〉」になれるという資本主義のお伽噺《とぎばなし》のようなこの世界最大のクイズショー。

これにインドのスラム出身の青年が出場します。〈スラムの負け犬〉、〈ミリオネア〉に出る。——すなわち『スラムドッグ$ミリオネア』。

一夜にして億万長者《ミリオネア》に王手をかけた青年の運命やいかに⁉　というといかにもきらびやかなプロットが思い浮かびますが、あに図《はか》らんや。

とても泥臭いフィルムです。物語も、映像も。土や埃のにおいが立ち込めるかのようです。画面に土煙が舞うと、自分までそれを吸い込んでむせ返りそうになる。幼少期の回想シーンでは肥溜《こえだ》めの臭いまでリアルに想像されてちと辟易《へきえき》。

その泥臭いフィルムの中で、青年は決してヒーローではありません。カッコよくもなければ強くもない、目を瞠るような知略もない。ただ訪れる今日を場当たり的に生き延びてきただけ。いつどこで野垂れ死んでもおかしくない、たとえ彼が今日死んでも世界は微動だにせず回っていく。

ヒーローの資質ならむしろ彼の兄のほうが豊かです。ぎらついた生命力に溢れ、生き抜くことにどこまでも貪欲でしたたかな兄は、ときに傲慢ではありますがその傲慢ささえ生きる力の象徴として映ります。弟を幼い頃から庇護《ひご》して生き延びさせてきた兄は、本来なら彼よりずっと主人公にふさわしい。もしこの兄がいなければ、彼はあっという間に世界に搾取され貪《むさぼ》りつくされていたことでしょう。

エンターテインメントの常識で考えたら、「その他大勢」にしかなれないはずの青年です。

兄がしたたかに生き抜く野犬だとしたら、彼はまさに負け犬です。

しかし、やはりこのフィルムの主人公は「その他大勢」であり「負け犬」であるこの青年なのです。たった一つのいじましいような気持ちを抱き締めることだけで、彼は主人公たり得ているのです。その気持ちを手放さないことによって何度危機に陥っても、彼は決して「諦めない」。

そして彼はいつしかミリオネアに焦がれます。

スラムの犬は何故ミリオネアを目指したか。その美しい動機はぜひフィルムの中で知っていただきたい。……ので、パンフレットを買うのはぜひとも帰りがけにしてください。

つーかその動機はよりにもよってパンフで触れちゃあダメだろう！　スタッフに百万回

の反省を要求す！　（2009年5月）

【振り返って一言】　パンフレットで大胆なネタバレをかます映画は意外と多いようです。とても重厚に進んだ物語だったのですが、それでもインド映画はアレ、をぶち込まずにはいられないんだなと感心しました。

声がつくとなかなか強烈だったんだなぁ——

というのは主人公アン・シャーリーのことである。

空想好きでお喋りなアンが、マシュウ相手に馬車の道中を喋り倒す冒頭は圧巻である。話題はあちらこちらへぽんぽん飛び回り、とりとめもなく、とどまるところを知らない語りに圧倒されるマシュウの反応などおかまいなしにアンの舌は一向に回転を止めない。

原作で文字で読んでいる状態では思いも寄らなかったが、アンの厖大な台詞を声で再現されるとこれはまさしくマシンガントークである。周囲の大人に百万遍も「喋りすぎる」と言われてきたとアンは語るが、確かにこれは聞いている大人はたまったものではない。しかも言い回しも声の抑揚もいちいち大袈裟《おおげさ》で背中が痒《かゆ》くなるのである。

「でもあたし、少しお喋りしすぎるかしら」

ああよかった、自覚はあったのか。「言ってくださればお喋りをやめるわ。決心すればやめられるの、骨は折れるけどね」なかなか殊勝である。

余人ならじゃあ黙っといてと言ってしまいそうだが、静かなる人マシュウ・カスバートは自分が静かな分だけかしましさに対する耐性が高かったらしい。鷹揚にアンのお喋りを受け入れる。

許可を得てますます舌に拍車のかかったマシンガントークは突如「まあ――カスバートさん！　カスバートさん！　カスバートさん！」という感極まった叫びで中断される。馬車が満開のリンゴ並木に差しかかったのである。ちなみに呼びかけが三回繰り返されるのは原作のままだ。

白く咲き乱れるリンゴの花のアーチをくぐり抜け、それからアンは黙りこくる。その無言の時間はそれまでのマシンガントークがあればこそ静謐《せいひつ》が際立つ。

あまりにも長い沈黙にマシュウが心配して声をかけると、アンはリンゴ並木の美しさに心を奪われて声を失っていたのだった。

厖大なお喋りと一転して長きの沈黙、この二つが作用しあって、このとき初めてアンの豊かな感受性が鮮やかに浮き彫りになる。

そしてたどり着いたのはカスバート兄妹が住まうグリーンゲーブルズである。男の子をもらうはずが女の子が来てしまい、困ったが取り敢えず連れて帰ろう――とアンを連れてきた優柔不断な兄とは違い、マリラは鉄壁の現実主義者である。「男の子を頼んだはずなのに何で女の子なんだ」とマシュウが言いあぐねていた現実をのっけからアンに突きつける。

対するアンも負けてはいない。

「いらないのね！　あたしが男の子じゃないからいらないのね！」と身も世もなく嘆き、

泣き崩れる。

一瞬にして絶望のどん底に叩き落とされたアンだが、この大仰に嘆き悲しむ姿には悲劇に浸る余裕がちらりと見える。もちろん本人は大真面目に打ちひしがれているのだが、この悲劇に酔いしれる気配がかすかにある。

世界名作劇場をリアルタイムで楽しんでいた子供の頃は気づかなかった。これからアンはどうなってしまうのだろうと胸を痛めながら見守った。気づいたのは私が大人になって大人の立場でアンを眺めているからだ。アンは泣きくれる自分をほんのちょっぴり楽しんでいる。

事実、アンは悲劇にどっぷり浸かった翌朝には「せめてこの家にいる間だけはこの家の生活を楽しもう」と形状記憶合金もびっくりの立ち直りを見せている。

我が身に降りかかった不運にさえドラマチックに浸ってしまうのは、感受性豊かなアンが生み出した処世術でもあったのだろう。明日をすっきり切り替えるために悲劇の今夜は存分に溺れる。悲劇に酔いしれる女優になることでアンは自分の運命を消化している。豊かな感受性で悲しみをまともに受け止めたら、自分の不遇な運命を受け止めたら、この時代アンのような子供はきっと生きていけない。

大人になってから『赤毛のアン』を振り返ると、物語に辛辣な現実がちりばめてあったことにも気づく。カスバート兄妹が孤児を引き取るのは、別に慈善の心がけからではない。老いたマシュウに農作業の手伝いがいるからと完全に労働力として孤児を求めているのである。労働力の対価として養育の義務を果たす、実に明快なギブ・アンド・テイクの価値観がそこにある。そして世間には孤児に対する明確な差別があり、また孤児を「あっちがいらないならこっちにやるか」と物品のようにやり取りする驚くべきぞんざいさも幅を利かせている。

当時の時代背景からするとこれが常識だったのである。二十一世紀の現代からこれを非難するには当たらない。むしろ現代においても同じことである。世の中は砂糖菓子ではできていない。必ず目を逸らしたくなるような苦い部分がある。孤児を労働力としてやり取りしない代わりに、現代の日本にはさまざまな別の苦さがある。

世の中は不平等で残酷だ。いくら運動会のかけっこで手を繋いで横一列のゴールをさせても、世の中が理不尽で不公平であることに何の変わりもないのである。苦い現実を砂糖菓子であるかのように偽るほうが罪深い。大人になる寸前で「実は世間はサンマのはらわたよりも苦いのでした」と放り出されても、子供のほうだってどうすればいいのだ。

アンは数年前にたった一粒食べたチョコレートキャラメルの甘さを鮮明に覚えている。それほど長く反芻できる幸せを、砂糖菓子をたらふく食える現代の私たちは持っているだろうか。

マリラに連れられてグリーンゲーブルズを離れるアンは、昨夜「雪の女王」と名付けた大桜の木に「さようなら、雪の女王さま！」と手を振る。もうこのときには芝居がかった大仰な叫びを「恥ずかしいなぁ」と苦笑することはできなくなっている。

道中でアンの語る不遇な身の上は実に苦い。幼い頃に両親を亡くし、親戚をたらい回しにされ、孤児院に行くことになったが孤児院だって満員でアンを歓迎してはいない。

「親戚はあんたによくしてくれたのかい」尋ねたマリラに、アンは困ったように首を傾げる。

「そのつもりはあったのよ。きっとできるだけ親切に、よくしてくれるつもりはあったと思うわ」

大人になってから改めて聞くと目の奥がどうしようもなく熱くなる。それは幼いアンから心ない仕打ちをした大人たちへの許しの言葉である。

「楽しもうと決心すれば、たいていいつでも楽しくできるものよ」朗らかに言ってのけるアンに、どうか幸せになってほしいと見守る側はいつのまにか手を揉んでいる。どうかお願いと鉄壁の現実主義者マリラに祈っている。

物語はアンが改めてグリーンゲーブルズにたどり着くところで終わる。

「続きが見たいなぁ」と思った。原作を知っている身にとって、この『グリーンゲーブルズへの道』は寸止めのようなものである。この先、アンはさまざまなものと出会う。親友、ふくらんだ袖の服、そしてアンを赤毛とからかう少年。

「目ばかりぎょろぎょろしたやせっぽちの女の子」が美しく聡明な娘に成長していく姿を、

大人になった今だからこそ改めて見届けたい。アンの豊かな感受性は現代の私たちにもさまざまな気付きを与えるだろう。

だが、続きが上映されるまでは待っていられないので、取り敢えず原作を読み直して凌ぐことにする。

（2010年7月）

【振り返って一言】 もちろん好きな作品なのでお受けしたんですが、依頼枚数がとにかく多くて大変でした。でも、その分、懐かしい作品に向き合えたような気がします。

エロを感じる瞬間

出会ったのは戦場だった。

泥と土埃にまみれた薄汚くも苛酷な戦場。

彼女は男性兵士と同じように薄汚れていた。戦っていた。

恋に落ちたのは一瞬。男と女が惹かれ合うのに手順を踏んでいられるほど戦場の時間は悠長ではない。

古びた礼拝堂が宿舎だった。男女の別なく雑魚寝だ。寝床などという上等なものはなく、蚤《のみ》や虱《しらみ》のたかる薄い毛布にくるまって床の上で死んだように眠る。

その晩、彼女と隣り合わせた。眠っていないことはお互い分かった。

向き合って横になった、そして暗闇に慣れた目が合う。それがサインだった。

唇を重ねた。触れたのは一瞬、すぐに貪り合うような激しいキスになった。

――明日どちらかがいないかもしれない。彼女か。自分か。

自分たちにはこの一夜しかない。

息を殺し、もどかしく互いのベルトを外した。探ると彼女の中は潤みと熱さで彼の指を迎え入れた。

周囲に気づかれるわけにはいかない。姿勢は変えられない。向き合ったままでねじ込む。

彼女は強くしがみついてきた。互いの息が熱い。

早く。早く。深夜だろうが戦闘はいつ始まってもおかしくない。この時間が断ち切られる前に。

こすりつけるように上下に腰を動かす。突きたい衝動を必死にこらえる。突くと背中側で寝ている兵士に腰がぶつかる。

息がどうしようもなく荒くなる。彼女も。

やがて彼女の喉から押し殺した声がかすかに漏れた。しがみつく力が強くなる。

ほとんど同時に彼も達した。

＊

近年観た映画の中で個人的に最も官能的だった『スターリングラード』のラブシーンを、記憶を頼りに私が文章に起こすとこうなります。

この男女の運命がどうなるかは読者様ご自身の目で確かめてください。前述の文章はあくまで私の記憶頼りなので多分ネタばれにはなっていません。というか実際の映像は本当にすばらしく官能的なのでぜひご覧になってください。

とまあ、官能特集というえらいことオトナな特集に呼ばれてしまい、担当さんとぶっちゃけエロについて相談してました。——真っ昼間の喫茶店で。何だか色んなものを捨ててしまったような気がします。

「そういえば『スターリングラード』のラブシーンはエロかったですよ。私的にはあのラブシーンだけで劇場まで観に行った甲斐がありました。あれ以上エロいラブシーンにはついぞお目にかかってないなぁ」

「ほう！　それはどのような」

てなわけで前述のような話をノリノリで語ってたわけです。そうしたらそれでエッセイを一つという話になりまして、状況をくどくど説明するよりもそのシーンを切り取って小説仕立てにしたほうが早ぇなとこんなものを書いてみることになりました。

女性が官能を感じるポイントは実に微妙だと思います。まず即物的ではいけません。そこに至る段階とかシチュエーションとか、そうした周辺の機微が非常に大切なんですね。たとえばこの『スターリングラード』。私がどこにときめいたかというと、まず戦場。明日が保証されない環境。そこで恋に落ちた男女。お互い意識していることを知りながら溢れそうな思いをこらえてこらえて——そしてその夜が訪れる。

示し合わせたのか偶然だったのかは忘れてしまいました。ただ、彼と彼女は隣り合わせて、向き合って横になった。そこでもう分かった、「ああ、ここで思いを遂げるんだな」と。

周囲に気づかれないように息を殺し、音を殺し。無理な姿勢で求め合うように互いに腰をこすりつける。ことに男性（ジュード・ロウ）の切羽詰まったような動きや息遣いの色っぽさといったら！

冷静に状況を見たらロマンチックとは程遠い。薄汚れた、疲れ切った兵士たちがぎゅう詰めの雑魚寝で眠る宿舎。そこで周囲に気づかれないように必死に腰を動かす姿はある意味滑稽ですらあります。ですが、自分たちの滑稽な姿を顧みる余裕もなく必死で求め合うその生々しさが、営みが、逆に限りなく色っぽい。

それは彼らに明日が保証されていない、そして明日を生き延びたとしてもこの夜が二度と再び訪れるか分からない、そのシチュエーションの妙と切り離せない官能なのです。

もちろんこれは映画だからこその特殊かつドラマチックなシチュエーションです。ですが、私たちの日常にも官能はそこかしこに潜んでいると言えましょう。

誰かを好きになった。そうしたらそれは既に官能の始まりです。

あの人は私を好きになってくれるだろうか、私に望みはあるだろうか。相手の一挙手一投足に一喜一憂する、そのことが早くも官能です。

ここで敢えて開けないほうが慎ましいとされている蓋を開けてしまいますが、女にも男性同様に欲望はあるんです。当然です。

思いが通じたら次は手を繋ぎたくなる、手を繋いだら次はキスしたくなる、軽いキスから深いキスへ、そして触れてほしくなる、最後までしてほしくなる。

当たり前じゃないですか、好きな男と付き合ってたら。男が触れたいと思うように女も触れられたいと思ってるんですよ。好きな男に触られたら気持ちいい、これ当たり前。相手にも自分で気持ちよくなってほしい、これも当たり前。

ただし、先へ先へと自分の欲望任せに突っ走るだけの男はごめんです。女にとっては段階の一つ一つが大事なんです。恋愛の段階を一つ一つ大事にしてくれてこそ気持ちが育っていくんです。この人ならと思えるんです。そこは男性の皆様方、ゆめお忘れなきように。

セックスは単なる一個の欲望ではなく、恋愛の営みなのです。だから大事にしてほしい、優しくしてほしい。結婚してもそこで営まれる生活にお互いを思う気持ちがあれば、それは形態が夫婦に変わっただけで穏やかな恋愛が続いているのだと思います。

そして恋愛――官能というものは、何回経験しても初恋に戻ってしまうものだと思います。

何故なら同じ形の恋は一つもないから。

段階の一つ一つが大事と書きましたが、うっかりセックスから始まる恋もあります。それでもそれが無味乾燥な行きずりじゃなくて寄り添う恋になったらそれはやっぱり素敵な恋でしょう。一晩だけのセックスだったとしてもそれが思い出になるのならそれも――ちょっと切ないですが、やっぱり恋でしょう。苦い恋かもしれません。でもそこにも官能はある。

同じ恋は一つもないから何度恋をしてもそれはやっぱり初恋で、だから官能にも慣れは訪れないのだと思います。手を繋ぐのもキスをするのもセックスするのもいつも初めて。

今恋をしているその人とは必ず初めて。

　中でもセックスは最も本能的な行為で、それだけにお互いがとても無防備になります。その無防備さを預け合えるということがまた官能を増幅させるのでしょう。

　慣れてる振りをしていてもやっぱり恋をする人はときめいていると思います。

　官能は単品で存在できるかもしれません。でも、恋愛は官能とセットでないと存在できない。プラトニックな関係でも恋する気持ちそのものが官能だから。私はそう思っています。

　そして私は恋愛と一緒に存在する官能がとても好きです。恋をしている人がとても好きです。恥じらいながら、怯えながら、慄きながら、あるいは積極的に——恋愛という官能に溺れている人はとてもキュートでセクシーです。

　恋をしているすべての人に。あなたが好きな人と素敵な官能を味わえますように。

　そして——みんなみんな、最後の恋にたどり着くまで転んでも負けるな！　恋する人の約束だ！


（2008年5月）

【振り返って一言】『野性時代』の官能特集にお呼びがかかったときのものです。「官能的なエッセイを」とのことで、大変悩みました。ボツにならなかったので課題はクリアできたものとします。

いとしい人、場所、ものごと

児玉清さんのこと

私の知っているとびきり素敵なおじさんといえば、児玉清さんです。

初めてお会いしたのは、雑誌の対談でした。児玉さんのほうから、私を対談相手に指名してくださったのです。『阪急電車』という作品が出た頃で、『阪急電車』をメインにお話をしたいとのことでした。

児玉さんが読書家だ、ということは存じていましたが、まさか、当時の私のようなペーペーの作品まで読んでくださっているとは、思いもよりませんでした。元々ファンだったので、たいへん光栄でしたが、同時に、ものすごく驚きました。

ところが、対談当日に、更に驚かされました。対談場所に颯爽《さっそう》と現れた児玉さんは、「すみません、これにサインをいただけますか」と、私の本を二冊出されました。

一冊は『阪急電車』で、もう一冊は『図書館革命』。『図書館戦争』、というシリーズ作品の、完結編です。

『図書館戦争』をこの人が読んだのか！　私は、呆気に取られて児玉さんを見つめました。『図書館戦争』は、図書館が武装して戦うという、私の作品の中でも飛び抜けてキテレツな作品だったからです。

しかも、完結巻ということは、対談をするから試しにシリーズの一冊目だけ読んでみた、ということではなく、継続的に読んでくださっていた、ということです。

実際、児玉さんは、『阪急電車』だけではなく、『図書館戦争』シリーズについても、あれこれ尋ねてこられました。

こんなふざけた作品を、真面目に面白がってくれるなんて、なんて素敵なおじさんだろう、とますます児玉さんのことを大好きになりました。

最後にお会いしたときは、ずいぶん痩せておられましたが、ご自分の持っている私の本を、トランクで十冊以上も持ってこられました。「全部は持ってこられなかったんですけど」と、残念そうに笑っておられました。

持ってこられた本のすべてに、サインを入れさせていただきました。

そんな児玉さんが、たいへん気に入ってくださっていたのが、『三匹のおっさん』という作品です。

還暦を迎えた三人のおじさんが、主人公が定年退職して暇になったのをきっかけに、町の夜回りを始めるという話です。

書こうと思ったきっかけは、私が元々かっこいいおじさんやおじいさんが好き、ということと、「最近のお年寄りは元気だよね」、と思っていたことです。

昔は、還暦といえば、おじいさんおばあさんというイメージがありましたが、イマドキの六十歳は、まだまだおじさんおばさんです。見かけも気持ちも若いし、元気です。

まだまだ元気なんだから、定年しても、まだまだ社会で活躍していただきたい。残念ながら、今の日本はあまり元気じゃないので、楽隠居してもらっては困ります。今まで培った知識と経験を、社会で活かしていただきたい。そんな思いを籠めた作品です。

今までは、脇役でカッコイイおじさんやおじいさんを書いていましたが、この世代をど真ん中に据えた作品を、いつか書いてみたい、という願いもありました。

『三匹のおっさん』は、おかげさまで好評を得まして、続編を書かせていただけることになりました。

第一作目では、身近な世直しに奔走していた三匹ですが、続編では自分たちのことを少し振り返ってもらおうかな、と思い、同年代の残念な大人たちを取り上げました。

「最近の若い者は」というのは、平安時代から言われていたそうですが、イマドキは、「最近のお年寄りは」と言いたくなるような中高年も、少なくありません。

電車の中で、携帯電話に出て喋るおじさん。最近、よく見かけます。しかも、「ああ、例の会議の件だけど」とか、「あの打ち合わせはどうなった？」とか、

その人がどんな仕事をしているかまで、周囲に筒抜けになりそうな大声です。

そして、歩き煙草のおじさん。これも、圧倒的に若者より中高年が多いです。あの、歩き煙草というのは、煙草を下げて歩いたときに、ちょうど子供の目に、煙草の火が当たってしまう高さなんだそうです。

そうした残念な大人のことを書いたところ、若い人から「そうそう」とたくさん同意が来ました。やはり、そういうおじさんが目についていたのは、私だけではなかったようです。

ですが、これは「大人だって駄目じゃん」ということではなくて、「年配の力には、尊敬できる大人であってほしい」という、若者たちの願いの表れだと思います。

ある学校の先生に、「子供たちは、実は叱られたがっているのではないか、と思うことがある」と聞いたことがあります。そうかもしれないな、と思います。

ずいぶん前のテレビ番組ですが、「最近、どんなことがあった？」という街頭インタビューで、女子高生が、

「昨日、学校で先生に叩かれた！」と答えていました。

「でもねー、それ、あたしが悪いの！　悪いことしたから！」とあっけらかんと笑っていました。

きっと恐いけど、生徒に信頼されている先生なんだろうな、と思います。もし、その先生が、だらしなくて、ずるくて、尊敬できない大人だったら、女子高生の反応は、まったく違っているでしょう。自分が子供の頃を思い出すと分かりますが、尊敬できない大人に叱られたとき、子供が感じるのは、反発だけです。

「子供たちは叱られたがっている」、これは少し説明不足で、正確には「尊敬できる大人に叱られたがっている」ということなのでしょう。

その女子高生だけではなく、若い人はみんな、年配の方に対して、尊敬できる大人であってほしい、と願っているのではないでしょうか。

　先日、素敵なおばあさんを薬局で見かけました。待合室で、処方箋の薬を待っていたときのことですが、そのおばあさんの携帯電話に、電話がかかってきました。「もしもし」と電話に出た声が、少し大きかったので、待合室の人たちが、一瞬おばあさんのほうを見ました。すると、おばあさんは、申し訳なさそうに会釈して立ち上がり、声を潜めながら、外へ出て行かれました。待合室には、携帯禁止というルールがあったわけではありません。とても素敵な方だと思います。

　当たり前の気遣いができるご年配の方に会うと、とても嬉しくなります。それは、自分が目指すべき背中を、見せてもらえるからだと思います。

　人はみんな、年を取ります。昨日生まれた赤ん坊も、いつかはおじいさんおばあさんになります。みんな、少しでも素敵な人になりたいから、自分より年上の人には、かっこよくあってほしいのです。「自分も将来ああなりたい」という見本を見せてほしいのです。

　私は、児玉さんの他にも、たくさん素敵な年配の方にお会いしました。私のふるさとである、高知で出会った川漁師さんだったり、その奥さんだったり、『県庁おもてなし課』のロケハンで、案内をしてくださったタクシードライバーさんであったり、自衛官であったり、その年代や職業はいろいろです。川漁師さんは、あまりにも素敵な方だったので、『空の中』という作品で、キャラクターのモデルになっていただきました。

私のような若輩から見て、素敵だなと思える方には、いくつか共通点があります。

一つは、好奇心が旺盛なこと。児玉さんは、対談のとき、ご自分のほうがずっと年上で知識も深いのに、私のような若手に向かって、子供のようにいろんなことを尋ねてこられました。

自分より若い人に向かって、自分の知らないことを「教えて」と言える人は、まず間違いなくかっこいいです。児玉さんも、共演した福山雅治さんのことを、「僕の先生」と呼んでおられました。

もう一つは、想像力が豊かなこと。私がとても尊敬していた川漁師さんも、タクシードライバーさんも、「どうしたら相手を喜ばせることができるか」ということを、いつも夢中で考える方でした。

そして、不思議なことに、この二つを備えている方は、例外なくフットワークが軽いです。興味のあることには、物怖じせずに飛び込んで行かれます。

こういう方の周りには、必ず、その人を慕う若い人がたくさんいます。

今日は敬老の日ですが、若い人は、年配者を尊敬したがっている、ということを、年配の方に知っていただければ、と思います。

そしてどうか、私たちに、追いかけるべき背中を見せていただければ幸いです。


（2012年9月）

［振り返って一言］　文中の「最後にお会いしたとき」は奇しくも東日本大震災の当日でした。角川書店の応接室で、文庫版『図書館戦争』のための対談中でした。

最初の揺れで、誰もが「大きい」と気づきましたが、児玉さんがお話をお止めにならないので、みんな揺れに気づかない振りをして対談を続けました。いつも穏やかで濃やかな児玉さんとしては珍しく、たいへん熱っぽいお話の仕方でした。その熱に、私もインタビュアの吉田大助さんもやや飲まれ気味だったことを覚えています。

「今ここで聞きたいことをすべて聞いておかなくては」と食らいついてくるような感じでした。もしかしたら、「今ここで伝えたいことをすべて伝えておかなくては」という思いでもあったのかもしれません。

やがて、これはさすがにもう気づかない振りはできない、というほど揺れが強くなり、思い切って「これ、気づかない振りするのそろそろ限界ですよね」と申し上げました。児玉さんは、はっと我に返られたように「そうですね、大きいですね」と仰り、周りのスタッフに「大丈夫ですか」とお尋ねになりました。みんな家族や関係者に連絡を入れはじめ、児玉さんもご自宅に連絡しておられました。

それでも、揺れが収まるのを待って、対談は続行されました。児玉さんに延期する意志はなかったのです。

録音機器が止まってから、児玉さんがほっとしたように微笑まれました。そして、そのときにトランクの本を出されたのです。

次にＮＨＫの収録があるから、とサイン本を持って、慌ただしく出て行かれました。でも、その後の混乱は、ＮＨＫにたどり着けるかどうかも覚束ない状況となりました。

後になって、あのときもっとお引き止めすればよかったと思いました。どうせ次の仕事が飛ぶのなら、もっとご一緒させていただきたかった。混乱する市街に出て行くのを見送るのではなかったと。

訃報を聞いたのは、それからわずか数ヶ月後です。とてもとても貴重な時間を私にくださったのだと、そのとき初めて分かりました。その貴重な時間を、『阪急電車』の文庫解説のためにも使ってくださっています。

世間から軽んじられることが多いこんな若輩のために、どうしてそこまでしてくださったのかと、今でもありがたいばかりです。一生忘れません。一生の勇気をいただきました。

対談の最後で、吉田大助さんが「有川さん。今日、児玉さんにお伝えしたいことがあったんじゃないですか？」と水を向けてくれました。地震に動揺してうっかりしていましたが、吉田さんのおかげで忘れずに伝えることができました。

「『図書館戦争』の稲嶺司令のモデルは、実は児玉さんなんです」と。

児玉さんは「ええっ、本当ですか？」と目を丸くして口をぽっかり開《あ》いて、「いやあ、まいったなぁ」とずっと照れていらっしゃいました。

お伝えすることができて、本当によかった。耳打ちしてくれた吉田さんにも本当に感謝です。

児玉さんはその後、稲嶺和市として、映画『図書館戦争』にも写真で出演してくれています。

彼岸でお会いするとき、その話で盛り上がるのが楽しみです。

湊さんへの返信お手紙

湊かなえさま

お祝いコールありがとうございます&湊さんこそ『往復書簡』発売おめでとうございます。

今だから白状しますが、初めて湊さんの『告白』を読んだとき、あまりのストーリーテリングに「化け物か！」と慄《おのの》きました。そして「この人とは新刊の時期かぶりたくねぇなあ」と。湊かなえは登場した瞬間に「あれはもうスケールが違いすぎて太刀打ちするとか無理！」とさっさと別枠扱いにさせてもらうほどの大物だったのです。せっかく勇気凛々ですてきな女性のように思ってくれてたのにがっかりさせて申し訳ない！

そんな湊さんから対談のご指名があったとき、まず自分が湊かなえに認識されていたということに仰天しました。しかし同時にそれがたいへん嬉しく、誇らしくもありました。そうして湊さんとのお付き合いが始まります。

湊さんは物腰が穏やかで人当たりがよく、たいへん柔らかな雰囲気の持ち主です。しかし私が湊さんについて問われたら、「かわいいからって舐めてかかるなよ」と答えます。湊さんと話していると、その思考の組み立ての速さに度肝を抜かれます。そしてそのずば抜けた思考能力を決してぶれない信念が支えているのが分かります。見かけは華奢でかわいい人ですが、人間としてこれほど骨太な女はそうそうおらん。いいかげんなことは何ひとつ通用しない。

「強気で押せば言うなりになってくれそう」——というのは悲しいかな、作家に限らず湊さんのように優しげな雰囲気の女性には若い頃からついて回る身勝手な期待です。それだけに初めて会ったとき、心配になりました。勝手な期待をして近づく人は、期待を裏切られると怒るのです。湊さんはこの業界でもそんな身勝手な期待に振り回されるかもしれないな、と。

親しくなって私が真っ先に言ったのは「仕事で理不尽なことをされたら怒っていいんですよ」ということでしたね。あのときの目からうろこが落ちたような湊さんの顔が忘れられません。私と知り合うまでに、この人はしなくていい理不尽な我慢をたくさんしたんだろうな、と胸が痛くなりました。作家の友達がいなかったら、「理不尽な仕打ちに抗議してもいい」ということさえ知らないままなんですよね。

でも、間に合ってよかった。湊かなえという作家がつぶれてしまう前に私が知り合えてよかった。私は大した作家じゃありませんが、湊かなえが我慢しすぎて折れる前に「理不尽とは戦え!」と吹き込むことができただけでも出版界に対して義務を果たしたと自負しています。

そして湊さんと知り合えたことは、むしろ私にとっての救いになっています。作家という商売は好きなことでお金をもらっている分、あれこれ余計な戦いを強いられることがありますが、湊さんがいてくれるので「戦ってんのは私一人じゃないしな」と立ち上がれます。

最初は湊さんを別枠扱いで腰が退《ひ》けていた私なので、戦友なんて言ってもらうと気恥ずかしいですが、慎んでお受けしましょう。お互い戦勝を祈る！

しかし、改めて手紙で思いを伝えるというのは、なかなか照れくさいものですね。『往復書簡』の三話目、『十五年目の補習』の二人もこんな気分だったんでしょうか。私のほうはこの手紙のやり取りで図らずも自分をなぞらえました。

でも、電話でもメールでもなく、手紙というのもたまにはいいものですね。より気持ちが伝わるような気がします。

近いうちにまた一杯やりましょう。そのときの誘いは手紙じゃなくて電話にします。この一通で照れくささが限界超えた！

戦友より激励を込めて。（まいった？）——有川　浩

（2010年10月）

【振り返って一言】　湊さん発案で、お互いの新刊の発売に合わせて手書きの手紙をやり取りするという企画でしたが、私が用意したレターセットに意外な秘話が。湊さんが言うことには、「実は私もあのレターセットにするところやってん！　最後の二つで迷いに迷ったんやけど、危うく同じレターセットになるところやったー！」と。お互い別々の店で買っているのに、どこまで気が合うんだかと笑いました。

何度も書き損じて、危うく便箋が尽きるところだったというのも、二人そろっておんなじでした。でも、親しい人に手書きの手紙を書くという感覚を、久しぶりに思い出させてもらった素敵な企画です。

今でも忙しい合間を縫うようにして会っています。

末尾の（まいった?）は『往復書簡』（幻冬舎文庫）の本歌取りです。ぜひ本歌のほうを合わせてご覧ください。

スポーツ 私だけの名場面

あまりスポーツには縁がないのですが辛《かろ》うじてよく観るのはフィギュアスケートです。女子シングル、男子シングル、ペア、ダンス、それぞれに見所のある選手が多いかと思いますが、個人的に私が長年思い入れてるのは中国の申雪・趙宏博ペアです。

何故かと言えば面白いから。

私がフィギュアを観はじめたとき、この二人は絶対表彰台の三位より上に行けないペアでした。しかし三位には必ず食い込んでくる。

どうやって食い込んでくるかっつーとこれがもう、他国に絶対真似のできない力業。投げる飛ぶ放る持ち上げる、そのすべてが他国のペアの追随を許さないというか。

しかも申雪はペア女性としてはあまり小柄ではなく166㎝、趙宏博も170半ばです。この組み合わせで、この力業を――やるかお前らは！　解説も「身体能力だけなら世界一のペアです、惜しい！　これに芸術性がつけば！」みたいな。おいおいそれはフィギュアスケーターに対する論評か？　いやー当時から色々面白かった。

万年三位でもこの二人が一番好きでしたが、そのうち彼らは芸術性までも獲得、もう瞬きをするのも惜しいような演技をするようになってしまった。しかも力業も健在。グランプリでもガンガン優勝かますようになって快哉を叫んだものです。

そして、トリノ。

趙宏博が致命的な怪我をして間に合わないという噂を聞きました。愕然としました。日本の厚くなった選手層はもちろんのことながら、ペアではあんたたちが一番楽しみだったんだ！

ところがこの二人ときたら——トリノに間に合わせてきましたよ！　それは嬉しい、嬉しいがしかし——どこまで非常識なペアなんだキミたちは！（いやいやマジでトリノに来られるような怪我じゃないというもっぱらの噂で）

しかしリンクに立った趙宏博はガリガリに頬がこけ、痛ましいほどに痩せ、とても滑れる状態ではないように見えました。もう、観ただけで泣けました。ああ、ここに来てくれただけでもういいよ、ありがとう……

ここで感動の涙で終わるもんですわ、普通。

ところが些少なミスはあったもののこの二人は最後まで見事に滑りきり、
表彰台の三位に乗って来やがったー！　あり得ねえー！　何者だお前らはー！

そんなわけで、荒川選手の日の丸ウィニングランはもちろん、着実に前回より順位を上げてきた村主選手の活躍も嬉しかった、しかし私がトリノのフィギュアで最初に流した涙は、この申雪・趙宏博ペアの三位入賞だったのでした。

（２００６年９月）

[振り返って一言]　中国はスポーツに関しては実にフェアで信頼できる国だと思います。

輝ける粉モノ

もんじゃとお好み焼きの争いは古く江戸時代まで遡るという。

すみません今ウソつきました。

関東と関西の文化的対立は多岐にわたりますが、中でも粉モノ食文化の衝突は激しい。

「もんじゃ？　あんなゲロみたいなもん食べる気にならへんわー」

ひでぇ言い草だ関西人。しかし、実は私も「へっ、もんじゃなんて」くらいのことは思ってました。

そんな過去の自分を土下座して詫びます。

もんじゃに開眼したきっかけは、エッセイ漫画『おさんぽ大王』（須藤真澄／エンターブレイン）でした。もんじゃが大好きな須藤さんが東京下町のもんじゃ屋さんを紹介する漫画が載っています。

ソースを「じょぼぼぼぼぼぼぼぼ」とかけて「ぐじゃありぐじゃありぐじゃあり」とかき混ぜ「ざびいいいい！」と鉄板に流し「てちてちてちてちてち」と焼いて「ぺちょぺちょ」食べる。

……このやみくもに旨そうな擬音の羅列は何だ!?　関西在住十数年、お好み焼きに操を立ててきた私のアイデンティティが一瞬にして崩壊しようとしているッ!?

　しばらくは揺らいだアイデンティティに気づかない振りをしていたのですが、あるとき浅草を訪れてその精神レジストがついに折れました。道すがらにもんじゃ焼きの看板を見つけてしまったのです。

「じょぼぼぼ」「ぐじゃあり」「ざびぃぃ！」「てちてち」がすぐそこに！　……気がつくとお店ののれんをくぐっているわたくし。店員さんの説明を聞きながらレッツ初もんじゃ。やべぇ旨いよ⁉　鉄板に生地をてちてち焦がしつけたもんじゃは口に含むとソースが香ばしく、やめられない止まらないかっぱえびせん状態。あっという間に食べ尽くしてお代わりまでしてしまいました。

　すみませんでしたもんじゃ！　甘く見てましたもんじゃ！　もんじゃばんざい東京ばんざい。

　そして今、私の中で東京の聖地はもんじゃの聖地であるという月島なのです。いつかたどり着きたい憧れの地。待ってろよ。

（２００９年６月）

【振り返って一言】 初稿で「聖地」を「メッカ」としたところNGとなり、文章を若干変えて対応しました。実際にイスラム教徒の方から「メッカ」という言葉の使い方について苦情が来たことがあるので回避したい、とのことで……

こちらもそこまで覚悟があって使った文言というわけではなかったので、「ああ、気軽に使って失礼だったな」と変更しました。

表現の自由は大切ですが、無軌道に容認されるものではないと思いますので、状況に応じて適切に言葉を判断していかなくてはならないなと学ばせていただきました。

有川浩的植物図鑑

●ユキノシタ
食い意地が張ってるので身近で食えるものからいきましょうか。このユキノシタはちょっと田舎の湿ったところによく生えてます（写真は公共の花壇のものですが）。表裏に剛毛が生えた丸い葉は見分けやすいかと。天ぷらにすると意外なまでに美味です。ちょっと気の利いた小料理屋で出てきたりするほどです。

●イヌビユ
これは街中どこらでも生えてます。意外なほどに。街路樹の根元とか。葉が柔らかいうちが旬です。写真は食べ頃。もう少し育つと中心から穂が出てきますが、葉だけちぎれば大丈夫ー。豚肉と柳川風に甘辛の炒め煮にして卵でとじるとゴボウのような風味で中々の珍味。

●スベリヒユ
これも街中（以下略）。湯がいて酢みそで和えるとぬめりがオツな和え物になります。「えー、犬のオシッコとかかかってない～？」というご質問には

「よく洗え」と。清潔好きな人には向かない遊びなんで自己責任で。

●シロザ

昔は中心の粉が赤い「アカザ」をよく見かけたものですが、最近アカザはめっきり見ません。シロザもとんと少なくなったので見つけ次第採るわけにもいかず、残念ながら食べたことはありません。おひたしがおいしいらしいですよ。

●タンポポ

これがたくさん咲いてると無条件で嬉しくなりますが、実はこれも意外と旨かったり。葉や茎を集めてバター醤油で炒めたりすると中々。つか、野草の食い方なんて毛が強けりゃ天ぷら、そうでなきゃおひたし・和え物・煮浸し系で、アクが強けりゃアク抜いてから料るだけなんですが。アクが程々のものは油にぶち込むと意外とそれが風味になります。

●ママコノシリヌグイ

すごい名前がついてますが、これトゲトゲの葉や茎が継子の尻拭いていじめるのにちょうどいいという何とも救われない由来。でも花はピンク色の金平糖のように可憐で、葉を天ぷらにすると中々いけます。近似種のアキノウナギツカミ、ミゾ

ソバなども同様にいけます。

●ニワゼキショウ

いいかげん食い気から離れましょうということで私が一番好きな花を。これ、ごく地味な小花なんですが、形が星形で愛らしいのと赤と白の色違いがあるというところが私のツボです。何か咲いてるとむやみに嬉しくなる。混じり合って咲いているところはあまり見たことがありません。赤は赤、白は白で小群落を作って隣り合って咲いています。

●ツメクサ

姿だけは見たことのある人が多いんではないかと入れてみました。名前の由来はシロツメクサのように荷物の詰め物に使った、などではなくストレートに葉の形が切った爪によく似ているからです。身も蓋もないですが草花の名前が身も蓋もないのは今に始まったこっちゃありません。

●イモカタバミ

名前の由来は根っこが芋のような形をしているから。これと姿がそっくりでやや色が薄いかな、というムラサキカタバミという花もあります。こちらは根っこが芋状ではなくスッとまっすぐ。三倍体が作りやすいらしく、最近では元のサイズに比べてばかでかいムラサキカタバミをよく見かけるようになりました。

●シロバナツユクサ

トキワツユクサともいうらしいんですが……自転車で十五分くらいの場所で大群生を見かけて大興奮。その代わり、というべきか、今年は普通の青いツユクサにはあまりお目にかかれず写真を撮り損ねました。

●コバングサ

あのー、おばあちゃんとかが「小判に似てるから縁起がええ」と喜ぶやつですね。これも近所の神社で群生しているのを見かけてつい喜んでしまいました。微妙な希少感のある植物が群生していると思わず燃えます。

●モミジイチゴ

だと思うんですが微妙に自信がない。まあ毒ではないことは保証します。むしろ旨い。平地でよく採れるノイチゴより酸っぱいので好みは分かれると思いますが。これは山のかなり高いところまで登っていかないとお目にかかれないので希少です。この日は曇天だったので写真が暗いですがまだ夏でした。

●ムラサキシキブ

そろそろ写真が秋っぽくなってきましたね。名前が風流なのと、実が奥ゆかしい藤色なのが印象的で、珍しく食えないにも拘わらず好きな実です。分類は雑草よりも観葉植物（小木？）でしょう、駅の自転車置き場のフェンス際に植えてありました。

●ハナミズキ

秋になって街のあちこちでこの実を見かけるようになりまして。鳥がつついているようなので毒はないだろうとちと失敬して齧ってみると、かなり渋いが甘酸っぱい風味もないではなく食えんこともない。ということは実をつける樹木の図鑑を当たれば正体が分かるかと思ったのですが、とんと判明しない。仕方なく手持ちのポケット図鑑の樹木シリーズを総ざらいしていたら灯台もと暗し。ハナミズキの秋の姿でした。

●ヘクソカズラ

花を採って逆さまにして肌に乗せるとお灸（ヤイト）そっくりだということでヤイトバナとも呼ばれるのですが、花の可憐さに比してあんまりな名前のほうが流布しているようです。でもまあ仕方ない、これ草むしりで引きちぎるとホント臭いんですわ。印象が強烈なほうが人口に膾炙《かいしゃ》した例でしょうなー。

●フウセンカズラ

名前のまんま、見たまんま。緑の風船がたくさんなってかわいらしい蔓ですが、やはり雑草。舐めちゃいけません。かわいらしい背丈からあぁっという間に人の背よりも高いフェンスのてっぺんに到達し、それでは飽きたらず隣の家の垣根にまでぐるぐる渦を巻いています。正味一ヶ月足らずのできごとでした。

●トケイソウ

最後は季節を遡ってちょっと珍しいもので。自転車で通りすがった家の塀で見つけてパチリと撮らせてもらいました。いやー時計と言われれば確かに時計じゃろうこれは。ていうかこの造型が。自然にこの形になるというのがもう信じられない。咲いていたのはくっきりと影が濃い真夏だったと記憶しています。

写真＝有川　浩

（２００６年12月）

【振り返って一言】　おさんぽしながら道草を紹介していくという企画でした。私の作品は道草に支えられていることが多いです。
知っている道草が増えると、知らない土地に行ったときも土地に親しむ手がかりになります。地味にお薦めです、道草遊び。

冬の花火

そろそろ花火大会の声が聞かれるシーズンである。

若い頃は我ながら気合いが入っていた。大きな花火大会で打ち上げ正面のベストポジションを取るため、西日厳しい四時から会場に乗り込んで陣地を確保。陣地の整備も怠りない。ここぞという場所にレジャーシートをいそいそ広げるのは素人さんである。プロはまず段ボールかプチプチシートだ。固い地べたと散らばる小石に対する緩衝材である。更に携帯用クッションが登場し、花火が終わるまでの住環境はこれでひとまず万全である。

そしてここからが長い。花火が上がるのは日が暮れてからである。然るに太陽は西へ傾きつつも一向に衰えを見せず暴力的に照りつけ、この炎天下を三時間ほど待つ計算になる。日傘や帽子はもちろん必須、加えて冷えピタを持参したい。おでこと首の裏側に貼ることでかなりの暑さ対策になる。暇つぶし対策としては文庫を二、三冊。日暮れてくると読めなくなるが心配ない。その頃には色とりどりの浴衣を着た金魚のお嬢さん方が増えてくるので、家人と好きな浴衣の柄を品評しているだけで小一時間はゆうに潰せる。

浴衣の柄も遠目には見分けづらくなったな、という頃、すっかり暮れた夜空に光の花が弾ける。音は少し遅れてドォンと降ってくる。目の前で打ち上がっていても音は光より遅い。子供の頃に習った理科をこんな間近で体感できるのは花火大会だけだろう。

ファッと熱気を帯びた空気がどよめき、立て続けに打ち上がる。やがて風が火薬の匂いに染まる。これは打ち上げポイントのそばの特権だ。この匂いは夏だけの匂いだ。

――と思っていたのだが、今年は一面の雪景色の中でこの匂いを嗅いだ。三月下旬の秋田・大曲である。まだ雪の残るゲレンデで若手花火師が新作花火を競い合う大会が毎年行われるのだが、今年はこれを見物することができたのだ。

足元はもうみぞれ状に緩んでいたが、雪の降らない地方の人間にしてみたら充分に銀世界である。ここで花火師たちが自分の持ち寄った花火に解説を加えながら一人頭十五発の新作花火を打ち上げる。

スキーゲレンデに二時間突っ立ってると思ってくれ、という案内人のアドバイスに従い、足元はスノーブーツに靴用カイロ、タイツに靴下の完全防備だったが、それでも待ち時間の間に足が冷えた。カイロが仕事をしていないのかと訝《いぶか》ったが、帰りの車の中では靴の中がぽかぽかだった。カイロが仕事をしていたからこそ「冷えた」で済んだのだ、なければ冷えるどころか凍えていただろう。

上半身は肌着二枚とセーターとフリースを重ねた上にダウンのコートを着込み、マフラーと手袋も抜かりない。さらに腹や背中や手袋の中など思いつく限りの場所にカイロを仕込み、冷えピタ持参の夏の花火観賞とは百八十度真逆の装備である。

夏と違って浴衣の金魚はいないので、会場の屋台を冷やかしながら暇をつぶす。地元で売り出し中の納豆汁なる汁物をすすり、なかなかオツだがこれは関西に上陸しようとしたら全力で迎撃されるだろうなぁなどと思っていると、ゲレンデの照明が落ちた。オープニングの花火が打ち上がる。

花火の下に雪が照り映え、音はやはり後から降ってきた。凍《い》てつく空気がどよめき、夜空に立て続けのフラッシュが瞬く。

一区切りが終わると、冷たい風に火薬の匂いが混じった。ああ夏だ、と思った。目の前に雪のゲレンデが広がっているのに、鼻先だけが夏だった。雪の原で夏を嗅ぐとは何とも風流な避寒である。

花火師たちの講釈を交えながら様々な花火が打ち上がる。キンと冷え切った空気の中で、火薬の匂いを意識するたび鼻先だけを夏がかすめた。

発表される花火は様々な創意工夫が凝らされ、見事なものから笑えるものまで幅広い。そういえば夏の花火大会で、「これは今年初めて観たぞ」という新種の形や色を見かけることがあるが、あれはこうした場所で発表されたものなのだろう。

きっと「スーパー○リオ」と名付けたかったであろう二段階仕掛けで巨大化するキノコの花火が打ち上がった。デビューしたら夏休みのお子様に大受け間違いなしである。

最近は花火大会もめっきりご無沙汰になっていたが、今年の夏はあのキノコが席巻しているかもしれない。他にも印象に残るものが多かった雪原の花火たちに再会しに行くのも一興である。

凍えながら観た花火の記憶で暑気を払いつつ、さて夏の花火はどこを攻めようかな？

（2010年7月）

【振り返って一言】　スーパー◯リオ花火は、もう夏の花火大会でもお目見えするようになったのかな？　技術実験的な大会ではありましたが、実験だけで済ますには惜しいキャッチーな花火でした。

山梨、おもてなす人々

初めまして。九月より『県庁おもてなし課』という小説でお目見えします有川浩です。今回、地方の観光をテーマにしております。その縁で『県庁おもてなし課』の作者が実際に山梨の「おもてなし」を体験してみようという企画が持ち上がりました。しばしの間お付き合いください。

まず、今回の企画に当たりまして、山梨日日新聞社の担当を介して山梨県庁の観光部（やまなし観光推進機構）に「突然ですが、県外人を一泊二日でもてなすルートを考えてください」とお願いを投げました。

お返事は「難しい」。実は私、このお返事を「行政としてそういう企画に協力することは難しい」という意味のお断りかと思いました。『おもてなし課』執筆のために行政の観光への取り組みをいろいろ調べましたので、行政がこういう民間企画に協力できないという姿勢を取ることがままあると知っていたのです。

ところが山梨県庁の場合は「いろんなお薦めスポットがあるので、地域などをある程度絞り込んでくれないとルートを考えるのが難しい」という意味での「難しい」でした。

突然投げられたお願いにこういうお返事をできる、その一点だけで「やるな、県庁！」という感じでです。行政は慎重さを重んじるあまりフットワークが重くなることが本当に多いので、この軽快な対応には脱帽でした。

地方の観光を考えるに当たって、一番の肝は「行政が柔軟かどうか」です。「前例がないから」「規則にないから」と新しい試みを避けていると機会をどんどん逃します。

また、行政のフットワークが軽くなるには県民の理解が不可欠です。何か斬新なことをするたびに県民からの批判や苦情を警戒しなければならないようでは、行政は守りに入るしかないのです。悲しいかな、行政と県民が幸せな信頼関係をなかなか築けずに苦戦しているという話はたくさんあります。行政を「善く働かせる」のは県民なのです。

そうした前提を考えると、山梨県庁のフットワークの軽さはそのまま山梨県の観光ポテンシャルの高さに繋がっています。突然の依頼にこれほど軽快に対応できる＝県民との信頼関係がきちんと成立しているという推察が成り立ちます。「対応して問題になったらどうしよう」と警戒しなくてはならないようでは、行政はこれほど軽やかには動けないはずです。

正直、羨ましいと思いました。地方の観光発展のために最も必要で、しかし得ることが最も難しいものを山梨県は既に持っている。これほど幸せなことはそうはありません。これはたいへんな武器です（実は私の出身県である高知県はこの辺微妙にシアワセでないので、本当に羨ましいです）。

そして、そうした県が提供してくれた「おもてなしルート」にも俄然期待が高まります。

気温三十五度の炎天下、まず向かったの笛吹市の果樹園『金桜園』さんです。

木の実が生《な》っている木というのは無条件でわくわくします。地面に落ちた桃が転がっていたのでさっそく拾って一口味見。田舎の子なので落ちている作物は平気で拾って口に入れます。

太陽でよく温《ぬく》もった果汁は甘さが濃厚でした。二つ狩って箱に入れ、試食コーナーへ。ぶどう棚の下のテーブルは、刺すような日差しが照りつける畑とは別世界のように涼しく爽やか。畑と二十メートル離れてないのに何なんでしょう、この落差は。緑化ってやっぱり効果あるんだなと体で実感。

試食では白桃と『黄美娘《きみこ》』という品種をいただきました。その名の通り目にも鮮やかな美しい黄色。桃は赤いというイメージがあるので驚く視覚からまずおいしい。指の跡がつくほど熟れて、皮もするりと剝けます。皮を剝くだけで果汁が滴る実にかぶりつくと、――これはもはやお菓子だ。まったく雑味のない純粋な桃の甘みだけで構成された桃でした。

まだあまりメジャーではなく、これから本格的に売り出す品種だそうですが、これはさぁ！　個人的には宮崎のマンゴーにも匹敵する商品力を持った果物だと思います。しかも安いというのがいい。やっぱり一般的な金銭感覚として果物に一万円はなかなか切れません。山梨、いきなりすごい飛び道具を出してきた。

しかし、真の飛び道具は『金桜園』代表の堀内圓《まどか》さんから伺ったお話。

「これ、見たことある？」言いつつ見せてくださったのは、いびつな手のひらのような形をした木の実です。まだ青くてキリッと硬い。

「これも桃なの。珍しいでしょう」珍しいどころの話ではなく、説明なしで見せられたらとっさに桃とは分からないほどです。私は最初、梅か杏かと思いました。

そんな不思議な桃を作っている理由は？——「初めて見る桃を初めて食べるって素敵でしょう」

まだたくさんは作っていないので、熟れる時期になったら一つの桃をお客さんが十人で分け合って食べるようなこともある。そんなふうに食べた桃は一生忘れない。その桃を忘れないし、その桃を食べた山梨を忘れない。

「昔の観光はね、来た人が『遊んだー！』って満足しておしまいだったの。でも、みんなが遊べるようになってくると『遊んだ満足』だけじゃ足りないんだよね。『感動』したい。だから僕たちは『感動』を用意して待っている。更に今はおみやげに『思い出』も持って帰ってもらいたい。観光は進化していかなくちゃ」

おみやげに「まだ旬には早いけど」と『黄美娘』を持たせていただきました。でも本当のおみやげは、堀内さんのこのお話。

すごいおみやげでした。飛び道具はこの人の頭ン中だ。この発想だ。

一泊二日の強行軍、山梨は他にどんなものを見せてくれるのか。

次に目指すのは勝沼。山梨に来たらワインは外せないでしょう、というわけで原茂ワインさんにお邪魔しました。

入り口のぶどう棚、脚立の上で摘果をしている女性がいました。棚に傘を逆さまに吊り、その中に摘んだ実を落としていきます。アイデアだなぁ。

はい、ここ注目ー。テストに出ます。大事です。県外から来た人間にはこういうちょっとした光景がとても新鮮。特別に作った物事よりも、地元ならではの日頃の習慣や光景をたくさん見たいんです。家に帰ったとき「ぶどうの摘果で実を散らかしたくないときは逆さに吊した傘を使うんだよ」と話したいんです。

関西の言葉なら「シュッとしてる」と表現するタイプのおじさんが登場、専務の古屋真太郎さんでした。ワイン蔵を案内していただきます。思いのほかシンプルな設備にびっくり。「絞る機械」「果汁を溜めとくタンク」のみという潔さ。

「ワインに複雑な設備は要らないんです。必要なのは良いぶどうだけ。だから小さいワイナリーも大きなワイナリーも良いワインを作る機会は平等にあるんです」

そのぶどうも地元産にこだわっているとのこと。一時期は輸入原料を使ったこともあるそうですが、「何だか作ってて気持ちが落ち着かない」。簡単に手に入る海外の原料で作ったワインで『勝沼産』と名乗ることがどうにも気持ちが悪い。そこで知り合いの大きなワイナリーに相談したところ、「海外ぶどうを使って簡単に儲けるのは麻薬みたいなもんだ。国産のぶどうを世話してやるから麻薬からは手を引け」とバックアップしてくれたそうです。そのぶどうも今では地元のものに切り替えることができたので、今やどこに出しても胸を張れる『地元のワイン』。

ＪＲの車内販売にワインを卸していたことも地元では有名だそうですが、これも「本来は甲州ワインの広報的な役割はうちのような小規模ワイナリーの担当することではありません。小規模ならではの小回りを利かせてこだわった品を作っていくことが小規模ワイナリーの本分。でも、お客さんも期待してくれているので車内販売をやめるわけにはいかない。そこでもっと大きなワイナリーが販売を引き継いでくれました。原茂のイメージがついているのであまり得な話ではなかったんですけど」

お話を伺っていて印象的だったのは、ワイナリー同士の連携の良さ。地元を盛り立てていくためには時として公益を優先することが必要です。しかし、これは非常に難しい。誰しも自分が儲けたい。それで足並みが揃わないという話はままあります。

何て意識の高い人たちだろう。普通、これほど意識の高い人が県に一人いたらヒーローになれます。『原茂ワイン』の古屋さん、『金桜園』の堀内さん、よその県に持っていけば一人で図抜けたヒーローです。そんなレベルの人たちがあちこちに「たくさん」いるって反則だ。

素材があってもそれを活用できる人材がいなければ何も生まれません。山梨は素敵なものをたくさん持っておられますが、最大の宝は山梨の人々と見つけたり。

さて、一泊して翌日はそば打ち体験です。今日のフィールドは北杜市須玉町の『三代校舎ふれあいの里』。

昔の学校をそのまま利用した施設がたいへん素敵です。前日の『原茂ワイン』さんも昔ながらの民家を利用したカフェを持っておられましたが、山梨は昔からある良い建物をきちんと残しておられる方が多いですね。県庁の庁舎も雰囲気のある素敵な建物でしたが、一時の便利に流されず古式ゆかしいものを残してきたことが現代では確実に財産になります。

三代校舎の大正館で迎えてくれたのは津金茂美さん。ここでぶっちゃけてしまいますが、そば打ちって基本的に日本全国どこでもできることです。だからこそ、その土地独自のオプションをどれだけ付けられるか、ということが勝負になります。さて、この大正館でオプションになる商品価値を秘めたものを探してみましょう。

すばらしいと思ったのは、そばと一緒にでてきた天ぷらが地元の野菜だけだったこと。手のひらほどもある大葉、黄色の濃いサツマイモとカボチャ。ここに立派なエビだのアナゴだの出てきたら興醒《きょうざ》めです。だって山梨、海ないもん。旅人はその土地のものを食べたいのです。

箸休めに大葉の浅漬けが出てきましたが、これは初めていただきました。目から鱗の食べ方です。「いっぱい繁って余っちゃうからそうやって使ってるだけ」と津金さんは笑いますが、それこそが旅のスペシャリティです。初めての食べ物を覚えるということは、文化を一つ知るということです。よそから取り寄せた伊勢エビの天ぷらを山中で食べてもすぐ記憶から抜け落ちてしまいますが、「山梨のおばあちゃんが大葉を浅漬けにしていた」という文化は一生覚えています。その文化を覚えた山梨という土地を、景色を一生覚えています。

そして食事が終わりかけた頃、津金さんが遠慮がちに「カボチャの炊き込みごはんも作ってあるんだけど食べる？」と。もてなそうと用意してくださっていたそうです。カボチャの炊き込みごはんは栗ごはんのカボチャ版という感じ。見た目はカボチャの黄色に染まって派手ですが、お味はなかなか。これも前述の大葉の浅漬けと同じくスペシャリティです。そして一生忘れない文化です。こういうものを「旅人には珍しくて素敵なものだ」と自覚して振る舞えたら、ありふれたそば打ちが「山梨県でしか体験できないそば打ち」になります。

「畑にブルーベリーを作ってるんですね。初めて見ました」

すると津金さんすかさず「それなら近くのブルーベリー農家を紹介してあげる」と自ら電話をかけてアポイントを取ってくれました。『たけちゃんFarm』、津金さんのお友達の農家です。こちらも飛び入りにも拘わらず親切に対応してくださいました。強い日差しで温もったブルーベリーの味も多分一生忘れない。

おもてなしの心が繋がっていく姿に、山梨県が一級の観光県であることが窺えました。

豊富な果物、おいしいワイン、もちろん強力な武器ですが、おもてなしの心を持った人々が観光においては最大のセールスポイントです。

連載中の『県庁おもてなし課』は、まだまだその意識にたどり着けない人々が主人公です。どうか皆さんで成長を見守ってやってください。

（2009年8、9月）

【振り返って一言】『県庁おもてなし課』の掲載紙の一つだった山梨日日新聞での企画です。周囲をぐるりと山に囲まれ、全体的に標高の高い景色が、高知県人にはとても新鮮でした。仕事抜きでまた行きたい場所の一つです。

遅れてくる音・潜めてくる音 富士総火演レポート

約七秒。

何の話かというと榴弾砲の着弾と着弾音の時差です。

榴弾砲が撃ち出した砲弾が標的となった小山の山頂に着弾。オレンジの火炎と黒煙が弾け、それからしばらく後に弾けた火の数と同数の音が来る。花火なんかでも近くで見ると火と音に多少の時間差があることが分かりますが、それをすごく極端にした感じです。あーやっぱ音って遅いんだなぁ。

七秒ってのはごく大雑把に何度か数えた平均値なので正確ではありませんが、単純計算でざっと二㎞ちょい離れてることになりますか。弾着を見ると毎回同じリズムで弾けているように見える火ですが、音が追い付くと微妙に撃ち方にズレがあることが分かります。

「ドンッ、ドンドンドンドン！」だったり「ドンッ、ドドンドンドン！」だったり。

そしてもう一つ印象的な『音』はOH－1。偵察機という建前で開発されていますが、どっからどう見てもそのフォルムは米製攻撃ヘリ「コブラ」、いざとなったら偵察装備を兵装に切り替える気満々って感じのヒジョーにやる気な国産ヘリです。

何が印象的かというとこちらは『無音』。後方を衝かれると低空飛行であってもフライパスされるまで気づかないほどです。メインローターのブレードが叩く風の風下に立つ位置でないと音らしい音が聞こえない。つまりどの方向からにしろ機体が自分を通過してくれない限り音が発生しないわけで、「気がついたらそこにいた」という状態が素で作れる。ヘリとしてあり得ない静音性です。つーかこれ、明らかに「静音コブラ」狙って作ったろ。正直に言ってみろ、おねいちゃん怒んないから。

そして90式戦車についてはどなたか触れてくださるかと思いますが、これもやっぱり焼き付けられるのは『音』なんですね。こちらは圧倒的な破壊力の結果としての音。

というわけで、私の記憶に残ったのは徹頭徹尾『音』でした。

演習終了後、途中で帰られた緒方さんの密命を果たすべく偵察用オートバイを探し求め、三木さんが激写。ついでに近くの自衛隊員を捕獲して強制記念撮影。

ちなみに高橋さんと私は電撃自衛隊好き男子代表・女子代表なので終始盛り上がってましたが、あまり興味がなかったという三木さんも「実際に見てみるとすごく楽しかったです！」と喜んでくださっていて、ああやっぱ「男の子」ってみんな爆発が好きなんだなぁと感慨深かったです。しかし爆発が好きな女子も結構いますよということで一つ。

（２００５年10月）

【振り返って一言】 電撃文庫時代のレポートですね。レポートを書くなら総火演に連れて行ってあげるということで、一も二もなく釣られました。

15ったら、Fでしょ

15ったら当然F－15イーグルでしょ。異論は認めねえー。ところでF－15はイーグルドライバー、F－14はトムキャットライダーというのは何故なのか。誰かご存じだったら教えてください。

てなわけで15周年おめでとうございますということで標題のようなエッセイを書かせていただくことになりました。

私とF－15の初めての生出会いは忘れもしない岐阜県各務原市航空自衛隊岐阜基地航空祭（あくまでそれで行く気か）。

そこで初めてF－15の咆哮を聞きました。彼はその能力をはっきりとセーブしているのが分かりました。全開で飛ぶとあっという間に観客の視界から消え去るからでしょう。F－4、F－2も飛びましたが、最も内に秘めた猛々しさと圧倒的なパワーを感じたのはF－15でした。

離陸の瞬間に運命が訪れました。名古屋空港で民間機が離陸・上昇していくタイミングと、F－15の離陸の瞬間が完全に重なりました。手前にF－15、遠くに民間ジェット。

――時間が止まって見えました。民間ジェットは空中静止したかのようでした。そして眼前では止まった時間の中、F－15が一瞬で滑走路を突っ走り、高空で点になる――それは一体何という非現実な光景か。

これが戦闘機か。思い知らされました。多くの航空ファンが戦闘機に魅了されてやまないのは、時間の流れを無視しているかのようなこの性能のためだと思います。兵器である云々以前に、極限飛行のためだけに特化された機能美に魂を抜かれるのです。戦闘機は「人のための飛行機」ではない。そこに快適性は一片もない。むしろ戦闘機が「人」を酷使する。「飛行」のためだけの異形の機能美、しかしその異形こそが、兵器であることが分かっていながら多くの航空ファンが戦闘機に魅入られる所以なのです。

「時間が止まった瞬間」は、そのとき一緒に航空祭に出かけた一行の中で私しか見ていませんでした。それも一つの運命だったのでしょう。

拙著『空の中』で、主人公の一人である春名高巳も同じ光景を見ることになりました。

（２００８年８月）

【振り返って一言】　電撃作家が持ち回りで書くという折り込みチラシのエッセイ。電撃文庫15周年記念で、15にまつわる文章というテーマでした。
15と言われたらFしかない。

ふるさと高知

ありふれた自然のいとおしさ

高知から出たことのない人にはなかなか気づきにくいかもしれないことの一つに、山や川、そして海がありふれていることのいとおしさがあると思います。

私は高校を卒業して関西に進学しましたが、それまでは高知は田舎で自然しかないと思っていました。これといったテーマパークもないし、何しろ漫画や小説の発売日が遅れるのが辛かった。都会やったら発売日にすぐ買えるがやろうなぁと羨ましくてたまりませんでした。

そして実際、進学してからしばらくは「便利な都会」の虜《とりこ》になっていました。

でも学校を卒業して、社会人になってからようやく気がつきました。気がついたきっかけは、人に誘われたハイキングで見たニワゼキショウの花です。

高知ならそこらの畑でいくらでも見かける、赤白色違いのある星形の小花。それを見て、初めて私はその花が数ある花の中でも一番好きだったことを思い出しました。

そして同時に、高知なら春にいくらでもどこででも見られたいとおしいこの花が、私の住む街からでは大袈裟に準備して出かけるハイキングでないと見ることができないということに衝撃を受けました。

そういえばレンゲも何年も見ちょらん。田んぼを一面に埋め尽くす綺麗なレンゲ畑なんて、都会に住んでいたらドライブか電車の旅でないとたどり着けないからです。大洋からうねってくる波打ち際も、山が映り込んで深い色になる川も。そんなものがそもそもありません。

本が発売日にすぐ買えて、便利なものが色々ある都会に憧れていましたし、実際都会は便利でもあります。けれど、都会ではありふれた自然を見るのがとても難しい。

ありふれた自然という言葉がどれほど贅沢で罰当たりなものであることか。

高知を出るまでそれに気づかなかった罰のように、私は今では本を発売日に手に入れる喜びもなくしてしまいました。大きな本屋がたくさんあるき、発売日やのうてもいつでも買える。そう思うと逆に発売日なんかどうでもよくなってしまいました。

読みたい本の入荷を「まだかまだか」とうずうず待ち受けていた情熱はもう戻ってきません。

でもその代わり、結婚して移り住んだ少しだけ田舎の街で河川敷を散歩しているとき、赤白のニワゼキショウが咲く場所を見つけました。その他、高知で親しんだ野の花や雑草たち。

今では四季折々の散歩で見かけるそれが高知を偲ぶ宝物になっています。

（２００７年３月）

【振り返って一言】 ふるさとの良さに気づくためには、一度ふるさとを離れるというプロセスが必要なのかもしれません。私の周囲で、高知のよさを能動的に紹介できるのは、一度高知を離れたことがある人でした。

インパクト・オブ・高知

昨年末、角川書店の『野性時代』という小説誌で私の特集記事を組んでいただきまして。その特集の中に、「有川浩、高知に帰る」というコーナーがあり、私と父とで編集さんとカメラマンさんに高知を一泊二日でご案内しました。

一日目は南国で稲刈りが終わった後の田んぼの中にしっかと踏ん張っちゅう掩体（エンタイ…戦時中の飛行機用の防空壕）。

そして仁淀川河口から遡る形で知る人ぞ知る仁淀の漁師さん、宮崎弥太郎さん（通称…弥太さん）のところへ。この方は私の第二作となった『空の中』という作品で登場人物のモデルになってくださった方です。弥太さんのところを辞してまた仁淀川を行ったり来たりし、沈下橋などを撮影してその日は終了。

二日目は定番で桂浜、そして赤岡港です。というのは、前日に編集さんたちとご飯を食べたお店でどろめを注文したんですが、そのどろめがちょっとだけ期待外れで。高知の人には「どろめが一匹ずつ数えれる状態になっちょった」と言えば分かってもらえるでしょうか（お店の名誉のために、他の料理は文句なくおいしかったんですよ）。

港で捕れたてを一すくい分けてもらって海岸で食べてもらいました。前日との味の差にゲストの目は白黒。高知の名誉は守ったで、県民の皆さん！

そして野良時計や伊尾木洞などを経由しながら室戸岬へ。どうでしょう、取材を兼ねて一泊二日としてはそこそこに濃ゆい案内ができたのではないでしょうか。

編集さんたちは仕事柄出張が多く、作家のスケジュール管理でいろんな土地を飛び回ります。その旅慣れた編集さんが、高知に限っては「圧倒されるばかりだった」と口を揃えてくれました。特に仁淀川と河口の海。その色や迫力。

二人同行した編集さんは二人とも東京生まれ東京育ち。都会の人の肝をぶち抜くくらいに高知の自然には力があることをこれにて確信。

私も関西で色んな川を見ましたが、高知の主立った川や支流に及ぶものではありません。それがかなりの山奥へ入り、その土地で清流扱いされているものであってもです。

都会の人には素のままの高知の川すら珍しく、海に山に圧倒され、また高知ではありふれたどろめやこんにゃく寿司、筍寿司や鯖の姿寿司にさえ驚き喜んで舌鼓を打ってくれます。

外から高知を見ている者として、今から大変即物的なことを書きますがご容赦を。

高知の自然と習俗は充分お金になります。ただし、自然を維持したままのプロデュースが前提ですが。

聞くところによると高知県に体験型の修学旅行が増えているようで、これはたいそう素晴らしい「誘致」やねえ、と唸りました。どなたが仕掛け人か知らんけど、こじゃんとえい。

ぶっちゃけ『鉄腕DASH！』の「村」みたいなことができる土地はいくらでもあるでしょうし、あの企画に憧れている都会の人はたくさんいます。短期型パック旅行として一つ立案してみてはいかがでしょうか。

（2007年4月）

【振り返って一言】　こうしたガイドの集大成が『有川浩の高知案内』（メディアファクトリー）となりました。一般的なガイドブックとはちょっと毛色の違うものになったのではないかと。地元ならではの名所名物を一泊二日プランで提案することにこだわりました（地元の者しか知らない、というものも）。大型連休を狙わなくても、週末の一泊二日で高知を満喫することは充分可能です。ぜひお気軽に高知へ。

旅行中、雨に見舞われても安心な「雨の日」プランのご用意もございます。

観光地の偏差値

私は個人的に観光地の偏差値は公共のトイレで量れると思っています。

観光地として洗練されており、観光しやすく観光客に優しく、リピーターの多い土地は必ずと言っていいほどトイレがキレイです。

トイレットペーパー常備は当然、洋式・和式と両タイプがあり便器はもちろんキレイ、できることなら音姫完備。

えー、ここまで書けば私が今回何を俎上に挙げようとしているかお分かりかと思いますが、そう。

ずばりJR高知駅のトイレです。

JR高知駅と言えば、高知龍馬空港と並んで高知の玄関口です。観光客を迎える二大正面玄関のトイレがこじゃんと古くて汚いのは何たることか！

はい、今回も外からの視点で語らせていただきますが、あのトイレは失格です。偏差値ゼロに限りなく近いトイレです。

想像してください、あなたがどこかへ旅行に行ったとして、その観光地の正に最寄駅へ到着しました。列車のトイレは落ち着かないから駅に着いてからにしようという人もいることでしょう。

その駅のトイレが薄暗く、タイルもあちこち剝げかけ、換気も水はけも悪いから床は常にびしょ濡れ、便器もひびが入ったり欠けたりの和式オンリー、トイレットペーパーもちろんナシ、しかも全体アンモニア臭い。

私が覚えている限りの高知駅のトイレを描写してみましたが、自分が旅行先でこのトイレに当たったらいかがでしょうか？　私ならその観光地へのイメージが初っ端で数段下がります。

たとえ駅の改装が迫っているとしてもあのトイレを新駅完成まで放置しておくのは観光地高知として激しくマイナスです、何故なら！

今どき一番自由なお金を持っちょって気軽に旅ができるのは年配の主婦層や独身二、三十代の女性です。ここらが一番外貨（県外からのお金）を落としていってくれる層です。

その層を狙うに当たり汚いトイレなど言語道断！　何故なら全ての女性はキレイなトイレが好きであり、あまりにも汚いトイレだと「こんな汚いトイレ使えないから次のトイレまで我慢する～！」というほどまでに汚いトイレを憎んでいるのです！

しかるに高知駅のあのトイレは女性観光客の不興を買うこと確実、県の玄関口とも言える駅でそんなトイレに当たったことを彼女たちはいつまでもいつまでもいつまでも忘れません。女性は風呂とトイレの造りにはうるさいのです。あのトイレを放置する限り女性観光客の高知に対するイメージダウンは必定、そして彼女らの伴侶もそれに引きずられるは理の当然！　って私も何でこんなに力が入っちゅうがかお前はって感じですが。

駅の改装が数年内に予定されているとしても、高知駅のトイレはせめてリフォームできないものでしょうか。そのお金は無駄金ではありません。駅の改装が終わるまでの間にもやってくる観光客に「いいとこだったね、また来たいね」と思わせるための、言ってみれば「生き金」です。

駅の改装が終わったら浮いたトイレ機材は観光名所で使い回せば無駄もないでしょう。ご関係の方が見ておられたら何とぞご検討いただきたいところであります。

（2007年6月）

【振り返って一言】 トイレの偏差値は『県庁おもてなし課』を書く前から私の持論でした。観光地を活性化させるなら何はなくともまずトイレ！　食べると出すはセットです。

何しよらぁ、おんしゃあ！

高知の実家に帰省したとき、空港まで車で私を送ってくれた弟が無理な割り込みをされてとっさに発した怒号です。

けっこう無茶かつ危険なタイミングで割り込まれたので笑い事ではなかったわけなんですが、聞いた瞬間思わず笑ってしまいましたねぇ。

あー、そうだよ、この荒っぽい腹の底からの怒号は確かに土佐の言葉だよ。土佐の喧嘩言葉だよ。

単純な直訳としては「何をしてやがる、この野郎」程度の感じなんですが、やはり土佐弁のほうが無駄に荒い。そしてこの言葉にはやはり腹の底から喧嘩上等で叩き出す早口の怒号がよく似合う。

笑ってしまったのは、高知を離れて長い私はもうとっさに「何しよらぁ、おんしゃあ！」とは出てこないし、正直忘れかけていた言葉だったのに（もともとコレ男言葉の範疇ですしね）、弟の怒号で魂ががっつり揺さぶられたからです。

そうだよなぁ、この状況でとっさに口をついて出る怒号っつったら「何しよらぁ、おんしゃあ！」しかねえよなぁ、と。十数年ぶりに聞くその喧嘩言葉を何の違和感もなく聞き、そのあまりの違和感のなさに呆気に取られて笑うしかなかった。

弟は怪訝な顔をしていましたがね。

ネタが運転で始まったので運転ネタで行きますが、ドライバーが他の車にちょっと危なっかしいことをされた、程度だと舌打ちがてら吐き捨てるような口調で、

「おおの！」

となります。これは「ああもう！」とかそんな程度の意味合い。その後に「何をしゆうがな」とか「恐い」とか不愉快な口調でついたりつかなかったり。

ところが、

「何しよらぁ、おんしゃあ！」

これは相当怒ったときしか出てきません。とっさにこれが口をついて出るということはその瞬間激怒しているということです。世の中、アホ・バカ・ボケ・カス、罵《のの》り言葉は数ありますが、この「おんしゃあ」という怒号にはそうした一般化された言葉では表しきれない深刻な罵りが籠められているのです。

そのときの弟の激怒具合、苛立ちや肝を冷やした度合いや相手ドライバーへの憤懣、何もかもがこの一言のニュアンスですべて分かってしまったことが我ながらすごいというか面白いというか。

高知を離れてもう十七年が経ちます。それなのにがっつり健在でしたワタクシの土佐遺伝子。

しかもこの「おんしゃあ」というのは発声でニュアンスが違ってくるんですよね。普通の会話で使う場合は「お前さぁ」程度の呼びかけです。

「おんしゃあ、昨日どこ行っちょったがな（お前、昨日どこ行ってたの？）」

これ、普通の世間話です。

しかしこれを怒号にすると前述の通り実に様々なニュアンスが載ってくる。

弟の「何しよらぁ、おんしゃあ！」を訳そうとすると大変です。

「何しやがるてめえ、危ねえだろうが、目ン玉ついてんのか、前全然見てなかったろ、このド下手くそ、ぶつかってたらどうする気だ、ぞっとさせやがって、もしぶつかってたらただじゃおかなかったぞこの野郎、事故にならなかったことを神に感謝しやがれ（以下略）」

とまあ、軽くこれくらいのニュアンスが載っているわけです。これが一言に濃縮還元されて、

「何しよらぁ、おんしゃあ！」

であります。

方言の豊かさ、というものを実感した瞬間でした。あんまり品のいい場面での実感ではありませんでしたが、まあ喧嘩上等のお国柄なのでそれはやむなし。

久しぶりに聞いていい言葉だなぁと思いました。

この喧嘩腰のニュアンスを遺伝子レベルで覚えている自分もなかなか大したもんではないかと。

あまり誉められたことではないかもしれませんが、こういう場面でとっさに「何しよらぁ、おんしゃあ！」と出てくる弟も、それに共感できる自分もそんなに嫌いではありません。

（2008年7月）

［振り返って一言］ ちなみに、高知の方言は「高知弁」ではなく「土佐弁」です。「高知弁」と言われると「土佐弁です」と訂正せずにはいられないのが高知県人。

私にもそんな高知県人の血が脈々と流れております。

鳥的視点プライスレス

実はあまり買い物を楽しむ習性がありませんのです。物欲は人並みにあるのですが、出不精かつ怠惰な性根が「必要に迫られて買う」以外のパターンをなかなか選択できず。

こんな私に「これは！」というような会心の買い物などあろうはずもなく、何か気の利いた買い物はなかったかと家計簿入れに溜め込んであったレシート類を漁ったところ、『平成十七年五月某日、五二五〇円、アクティビティ代』という領収書が出てきました。郷里の高知に帰ったときのもので、発行元の住所は吾川郡吾川村。『吾川スカイパーク』というアウトドア施設の領収書であります。

この吾川村はかなりキアイの入った山奥で、『吾川スカイパーク』には大らかな山と川しかない大胆な特性が存分に活かされております。つーか高知の七割そんなんですが。残りの二割は海っぺたで平地いいとこ一割。都会になれないことを地形条件的に運命づけられた約束の土地、それが高知。

ここでパラグライダーの体験飛行ができると家族に連れて行かれ、その料金が五二五〇円だった次第。所要時間は約二十分だそうで、正直言うとチト迷いました。

二十分で五千円かぁ。五千円つったら友達と軽く一回飲める金額だよなぁ。

結局「滅多に来られないんだし」という微妙に消極的な理由で体験を決めたわけですが、

これがもう。

人生でこんなに濃い二十分は他に知らん。

二人乗りのパラグライダーでスタンバイ完了、背中に乗ってるインストラクターに「崖に向かって走るよ」と言われたときはさすがに腰が引けました。現場は千八百m級の山頂、落ちたら確実かつ速やかに死ねます。試されるマイチキンハート！

清水の舞台（の約一三八倍）飛び下りたらぁ！　とか思ってたらとんでもなかった。二、三歩走るや「舞い上がった」！

テイクオフした崖があっという間に眼下に遠ざかり、尾根を見下ろす高さへ。何てこった生身でこの視点取れるのは鳥だけだ。尾根を挟んで高知と愛媛が同時に見える。そして落ちるなんて感覚は一切なく、ただただ風を孕《はら》んで空《そら》を切る。頑張らないと高度が下がらないってなどういうことだ！　もしかして人間てホントは素で飛べるんじゃねーかとかうっかり思っちまうぞこんちくしょう！

ランディングで転んだのはご愛嬌ですが、いやとにかくすごかった。この二十分を五千円は投げ売りだ。というわけで経験を買い物と考えるなら、当分はこの体験が不動の一位で「会心」です。本格的に始めるには体力とか根気とか色々足りませんが。

豊かな自然を切り崩すのではなく巧く商品力を持たせたという意味で、なかなか技ありのプロデュースかと思います『吾川スカイパーク』。何か高知県PRみたいになってしまいましたがワタクシ県粋主義者《プチナショナリスト》なのでこんなところで。

（2005年10月）

【振り返って一言】　このときの経験は『県庁おもてなし課』にも活かさせてもらっています。当時、私を乗せて飛んだインストラクターさんは、今でも「有川浩は俺が乗せた」と仰ってくださっているとかいないとか。

小夏
KONATSU

高知特産のみかんの一種。
初夏が旬。名前がけっこう
詩的だと思うんですが
いかが？

黄色い皮を包丁でりんごみたいにくるくる
むいて、桃みたいにそぎ切りにカットする。
さわやかな酸味のある甘ずっぱいみかん。
白い甘皮もいっしょに食べます。
ふんわり甘くてみかんの味を引き立てます。

フルーツトマト
フルーツ並の糖度は
塩分の高い土地で
育ったせいだとか。私はトマトが
食べられないので食べたことが
ありませんが、おつかい物にすると
たいそうウケのいい最終兵器的特産品。
自分食べられないくせに自慢の名物。
小ぶり。
ピンポン玉くらい。
冗談みたいに赤い。絵に描けない。
水彩色えんぴつでまっかっかにぬりましたが
実物これよりずっと赤い。宝石のようです。

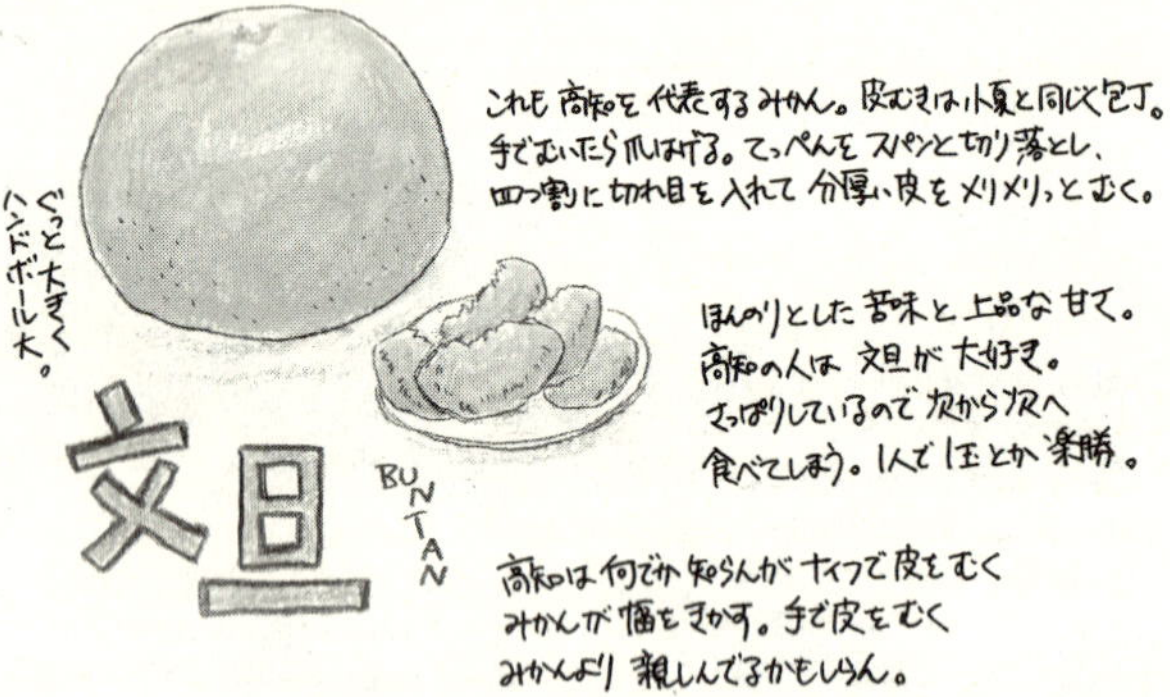
これも高知を代表するみかん。皮むきは小夏と同じく包丁。
手でむいたら爪はげる。てっぺんをスパンと切り落とし、
四つ割に切れ目を入れて分厚い皮をメリメリっとむく。
ぐっと大きく
ハンドボール大。
文旦
BUNTAN
ほんのりとした苦味と上品な甘さ。
高知の人は文旦が大好き。
さっぱりしているので次から次へ
食べてしまう。1人で1玉とか楽勝。
高知は何でか知らんがナイフで皮をむく
みかんが幅をきかす。手で皮をむく
みかんより親しんでるかもしらん。

（2010年9月）

【振り返って一言】 昔は旅行に行ったりすると、スケッチブックに旅行記を描いてアルバム代わりにしていました。下手なりに絵を描くのは楽しく、そのために36色の水彩色鉛筆を持っていましたが、最近はめっきり使っていません……

ワラビ、イタドリ

ワラビ。

イタドリ。

私の出身地である高知で山菜といえばこいつらが二大巨頭となります。

まず前者。これは食べ物というより遊びの感覚が強い。お土産つきレジャーです。

ワラビというもんは、草にまぎれて生えますが、野山に慣れた目にはどれほど雑草が生い茂っちょっても向こうから目に飛び込んできます。

ここにも、ここにも、あ、そっちにも。たまに人から自分の足元に見逃しちょったのを指摘されると〝たいて〟（※かなり、すごく）悔しい。

というような感じで宝探しのようなものです。家族で行くと俄然競争性を持ちますね。両親はやはり強い、ダテに年は取っちょらん、目がよう鍛えられちゅう。

子供のうちは正に年齢順。年上から順に目が鍛えられちょって、年下のチビはなかなか見つからんづつ周りの家族ばかりが戦果を増やしていくので「つまらん、疲れた」と〝どくれる〟（※ふて腐れる、膨れる）種になります。

去年のワラビの枯れ草の中には必ず今年も生えています、しかしこれもワラビ採りの常識なので早い者勝ち。

小さい子に譲ってやろうなどという概念は働きません。これは自分で見つけてこそ楽しいもので、幼いながらに譲られたら譲られたことが分かってこれもまたどくれる種になります。

とにかく宝探しが楽しくて、帰るころには大きなレジ袋が満杯になるほど採ってしまうのですが、この宝が家に帰ると途端に始末に困るお土産に早変わり。料るレパートリーが少ないがですわ。アクを抜いて煮物かおひたしか和《あ》え物が精々《せいぜい》、しかもこのワラビというものは煮ても嵩《かさ》が大して減りません。

最初はおいしくても、特大レジ袋満杯のワラビをなくなるまで食べ続けるがは中々きついで。

けんど採りゆうときはそこまで頭が回らんがよ。何故採るがかと訊かれたらそこにワラビがあるからやとしかよう言いません。脳内麻薬が出ちゅうにかわらん。

さてイタドリ。これは最近まで四国で食べゆう県は高知くらいのものやったと思いましたが、ここ数年で食べる文化が他県に流出したようです。何年か前までは農家のおっちゃんらぁが軽トラで徳島や香川へ遠征して、手つかず生え放題のイタドリを荷台へどっさり積んで帰って商いよったという話を聞きましたが、最近では既に採られた跡ばかりで、どうも地元の人が食べるようになったにかわらん、という話。最近では他県から高知への逆侵攻もあるようです。

イタドリには細くて枝分かれが多いものと太くまっすぐ伸びるものがありますが、旨いがはこのまっすぐ伸びるほうです。ほっとくと子供の背丈ばぁ伸びます。

皮を剝いてアクを抜いてと手間がワラビよりかかるき、店でアク抜き済みのものを買う人も多いがやけど、味と汎用性ではイタドリのほうが上等やないろうか。少なくとも高知ではイタドリのほうを美味とする人が多いようです。薄味で煮付けたものや油炒めはそれだけでご飯が進むし、パスタや中華風炒め物のレシピも見かけたことがあります。

ただ、こっちは見りゃあそこにあるのが分かるきゲーム性はありません。そういう意味ではつまらん。

ゲーム性のワラビ。

味のイタドリ。

さて、あなただったらどちらを選びますか？

（2007年2月）

【振り返って一言】 土佐弁で書いてみたエッセイです。私の山菜レーダーは未だ健在で、高速道路を走っていても道路端のワラビの枯れ草を捕捉します。地方の高速道路って何故か山菜がやたらと目につくんですよね。タラの木の群生を見つけたりすると「春先にここで降りたい！」と痛切に思います。

愛すべきグロゆる「カツオ人間」

高知県のご当地キャラクター『カツオ人間』が、この夏メディアを席巻した。先見の明を誇るようで恐縮だが、私は三年前からめっきりご贔屓だ。まだまったく露出がない頃にカツオ人間グッズを担当編集に強与《ごうよ》して回っていたほどである。

何しろデザインが強烈だ。ブツになったカツオの頭が人間の胴体に載っており、ファッションはねじりふんどし一丁。個性的にも程がある。好き嫌いがはっきり分かれるデザインはかわいさへの媚《こび》を放棄している。

これが着ぐるみになると、実景への馴染み具合も半端ないことが判明した。最初から立体化も視野に入れたデザインだったに違いない。

てっきり高知県の公式キャラだと思っていたが、ニュースを見ると商標を持っているのは「山西金陵堂」、高知県の菓子・土産物メーカー。デザイナーもその会社縁《ゆかり》の人物らしい。

取材をかけるとオフィスで迎えてくれたのは代表取締役の山西史高氏。四十歳になったばかりの好男子。

「本当は会社の名前は出してほしくなかったがやけどねえ」

若い社長は困ったようにそう笑った。

「カツオ人間はカツオ人間やき。誰が権利を持っちゅうとかは関係ありません。一応うちが商標を持っちゅうけんど、カツオ人間は『高知のキャラクター』やと思っちょります。やき、県のイベントらぁに呼ばれても無償でどんどん行きます」

社長の隣に座るのはこの斬新すぎるデザインの生みの親であるデザイナー氏。デザイナー氏は今までカツオ人間のデザイナーとして名前を出したことは一度もない。

「キャラクターに命を吹き込むのは、カツオ人間を受け取って今まで育ててくれた社長や、カツオ人間のために奔走してくれている人々。デザイナーは形を生み出しただけなので、自分が前に出ることはしたくない」

事実、デザイナー氏は今までカツオ人間がらみの取材を受けたことは一度もない。今回はカツオ人間と「同郷」の作家の取材ということで無理を聞いてもらった。

「誰かが権利を主張しはじめたら、この子は死んでしまうきね」

社長が「この子」と呼びながらいとおしそうになでたのはカツオ人間のぬいぐるみ。商売になるぞと関係者が権利の取り合いを始めたら、キャラクターの輝きは消え失せて、ただの「金になるデザイン」に堕ちてしまう。

それをただ一言、「死んでしまう」と表現した社長。地元に根ざしたキャラクターを慈しみ、育てていくとはこういうことなのだろう。

「県のためのキャラクターになりたいがです。けんど、民間の企業が商標を持っちゅうき、県としては難しいかもしれんねえ」

そこを突破したのが高知県知事・尾崎正直氏。高知県アンテナショップ「まるごと高知」のＰＲ大使に任命するという英断を下した。

頑として前に出ようとしないデザイナー、商標を振りかざさない地元企業、そしてそんなカツオ人間を受け入れた知事。奇跡のような組み合わせが、今後もカツオ人間の未来を照らしてくれると信じたい。

県庁の皆様、次はぜひ高知県観光特使に任命されたし！

（２０１１年10月）

【振り返って一言】　カツオ人間、その後しれっとアンテナショップの職員を勤めております。私は光栄なことにカツオ人間くんのガールフレンドという設定をいただいておりますので、カツオ人間くんは私のことを浩ちゃんと呼びます。また遊びに行くきねぇ。

◆海洋堂品質で初の立体化！ユニオンクリエイティブからフィギュアが発売（現在は取扱い終了）

ヴァイナルファクトリ
カツオ人間
発売：ユニオンクリエイティブ
製造：海洋堂
カツオ人間®

雪に思うこと

私のふるさと高知県は、南国土佐と異名を取るだけあって、雪がほとんど降らない。私が高知で暮らしたのは高校を卒業するまでだが、その間に高知市内で「雪が積もった」ことを経験したのは二度しかない。一度目は小学校の頃だった。

十㎝ほども積もっただろうか。小雪がちらちら舞っただけでも地元のニュースに読まれるような土地で、それは大事件だった。父が「雪が積もっちゅうぞ」と子供たちを起こしに来た。勇んで身支度をし、積もった白に足跡をつけに行ったので、休日のことだったと思う。

家が高台の住宅地にあり、ふもとからは一㎞以上の坂道が続く。その坂道をてっぺんから降りていくと、山影になる辺りで雪が一層深くなった。人の足跡以外は車の轍さえない。タイヤチェーンというものが常備されていない土地柄で、その日は高台から車で降りていく術を高知の住民は持ち合わせていなかったのだ。そして、不思議な足跡を見た。

一mほどの割り箸状の足跡が、ふもとから逆ハの字になって連なっている足跡だった。一体どんな生き物か乗り物がこのような不思議な跡を残すのか。子供たちが首を傾げていると、足跡の主がえっちらおっちら坂の下から登ってきた。スキーを履いたおじさんだった。アノラックに帽子にゴーグル、私たちがテレビの中でしか見たことのないスキーの装備を一通り身につけていた。

おじさんは私たちのところまで登ってきてバッタンバッタンとスキーを方向転換し、坂道をシュ－ッと滑り降りていった。人生で初めて見た「スキーヤー」である。わざわざスキー道具を引っ張り出して、あんなこぢんまりとした住宅地に滑りに来るなど、おじさんも相当テンションが上がっていたのだろう。雪道にはスキーの轍が既に何本もついていた。

二度目は中学生のときだった。平日の積雪となり、中学校では雪原となった校庭で全校集会が行われ、一時間目はそのまま雪に親しむ時間となった。なかなかに粋な計らいだったように思う。

先日、東京が大雪に見舞われたとき、たまたま仕事で東京にいた。東京を真っ白に染めた雪を見て、真っ先に思ったのはダイヤが乱れる面倒くささである。

雪道に足跡をつけようとする勇んだ気持ちは、もう思い出の中にしか残っていない。子供の頃は三十年も昔となり、積雪が全県民の一大イベントであったふるさとからも離れた。思えば遠くへ来たものだと寂しさが胸をかすめた。

（単行本刊行時の書き下ろし）

【振り返って一言】 書いたまま未発表で終わっていた文章です。この度、日の目を見ました。作家になって思うことは、ふるさとと呼べる田舎があることが、作家としての私の強い武器になっているということです。

作家に限らず、自分のルーツになった土地を愛するということは、自分の人生を豊かにする道しるべにもなります。

一つ残念なことは、地元が地元出身の著名人に優しくないことが多々あることです。全国的に有名な作家や文化人が、「あんな者、大したことない。地元の名士の○○さんのほうが偉い」と腐されるようなことも。私のような若輩でさえ、故郷からいくつか石を投げられたことがあります。故郷の総意ではないと信じて、故郷への愛情を保っていますが……

故郷から石を投げられて、それでもなお故郷に貢献したいと思える人は、それほど多くありません。「故郷からの講演依頼は受けない」と決めている作家さんやタレントさんの話もいくつか聞いたことがあります。地元出身なんだから当然奉仕してくれるんでしょ、というような乱暴な依頼が立て続いて嫌になったという話も。

地元から出た人材と地元が相思相愛であったなら、お互いがお互いを大事にできたなら、それはその土地にどれほど幸せな巡り合わせをもたらすでしょう。

相思相愛でいられるなら、ふるさとに尽くしたいと思っている人はたくさんいるのです。

地方が活性化するためにも、地元から出た人材を優しく受け止めていただけることを切に願います。

特別収録小説1

彼の本棚

本の情報誌『ダ・ヴィンチ』2007年8月号の第一特集「いちばん近くて、いちばん遠いきみに……片想い文庫」のために書き下ろされた短編小説です。誌面では、俳優・玉木宏さんのフォトセッションとともに掲載されました。

読書が趣味、と言うとかなりの高確率で返ってくる台詞がある。

「すごいね――」

というものだ。

これは物心ついたころから読書が普通に趣味である長沢英里子《ながさわえりこ》にとって、微妙に不本意なものである。

趣味というものは個人の楽しみで、英里子はそれが読書であるだけだ。楽しみのために読んでいるだけのことを「すごい」と言われるのは腑に落ちない。

すごいすごいと連発する会社の同僚に内心うんざりしながら「そんなことないよ～」と答えるのももう食傷だ。

「みんなだって旅行とかグルメとか趣味あるでしょ？　私の木もそれと同じだよ」

「えー、だってそれは楽しいからー」

「私も一緒だよ」

「でもやっぱりすごいよ、何か本読むのって真面目って感じだし」

英里子にしてみれば旅行にショッピングにとまめに出かけていく同僚たちのほうがずっとすごいと思うのだが、「本を読むのは真面目ですごい」という微妙な誤解は解けない。

彼女たちのレジャーに比べたら、本一冊買ってきて家なりそこらの喫茶店なりでページをめくればいいだけの読書はよっぽど安上がりで楽なレジャーなのだが、どうもその辺は理解されない。

最初のうちは「別にすごくないよ」といちいち答えていたが、最近はもう諦めた。世の中の人間は二種類に分けられる。本を読む人間と読まない人間だ。

そうかと思えば就活では「履歴書に趣味が読書なんて無趣味の人間がゴマカシで書くことだ」などと指導され、それはそれで憤慨した。

すごい。すごくない。一体どっちなんだと問い詰めたい。

だが、ほどほどの会社に落ち着いた今となってはそうした不本意にも適当に蓋をして、同じく読書好きの友人と話すときに「読書の位置づけっておかしいよねー」と溜飲を下げるようにしている。

「長沢さんは今日のお昼どうするの？」

「あ、今日は読みかけの本があるから一人にしとく。また誘って」

昼ごはんを誘いにきた同僚に断りを入れるとこれも「すごいよねー」と言われる。

「あたしだったら一人でごはんとか絶対行けない～。友達いないって思われたらどうしようって思っちゃう～」

誰もこっちのことなんかそんなに注目してないよ、と思いながら、英里子は同僚のランチに混じったり混じらなかったり〝読書〟を盾にかなり気ままな立ち位置を確保している。

昼休みを読書に費やすときにはここと決めている店がある。適度に裏通り、程よい狭さと微妙な客入りと手頃なランチの価格。

店員があまり干渉してこないことも重要条件の一つだ。

適当に空いている席に座り、ランチセットの安いほうを注文し、さっそく手提げから読みかけの文庫本を取り出す。最近気に入っている作家の本だ。

ブックカバーはかけていない。その理由は──

英里子は文庫を広げながらちらりと近くの席を窺った。

英里子が好んで選ぶのは窓際の席だが、相手は必ず日差しが直接当たらない壁際の席。いつもノートパソコンを持ち込んでいるからだろう。服装はスーツだったり私服だったり、私服のセンスもけっこう悪くない。

その席に座っている英里子と同年代くらいの男性は、ランチタイムによくこの店で見かける。

英里子が一方的に気づいてマークするようになったその男性も、ランチ待ちでよく文庫や単行本を開いていて、

──ああ、やっぱり。

今日、彼が読んでいた本も、英里子が読んだことのある好きな本だった。

そのときも読みかけの本があったので一人ランチだったのだが、ふと気が向いて立ち寄った途中の本屋で好きな作家の新刊文庫が積んであった。「本日発売！」のポップが立っている。

一も二もなく確保して、その日のランチ本は読みかけの本を先送りで買ってきたばかりのその文庫になった。

夢中になってページをめくっていて、ランチが来たので渋々中断。本を閉じながら顔を上げて、ふと既視感を感じた。英里子から斜め前のテーブル、こちらに向かって座っていたその男性が文庫を読みふけっている。

気がついて英里子は自分が読んでいた文庫にかかっていた本屋のブックカバーを外した。

――カバーの下から現れる同じ装丁。

向こうも本日即買いのクチか、と何だか親近感が湧いて、英里子もブックカバーを外して装丁を剝き身にし、ドレッシングやソースが飛ばないテーブルの端に置いた。相手の見た目が好みじゃなかったら多分そんなことはしなかった、ということは否定しないが。

英里子がランチのプレートを食べ終え、食後のコーヒーを飲みながらまた続きを読みはじめると、今度は相手のほうにランチが来た。

読書を中断して顔を上げた彼が、ふと英里子に目を留めたのが意識していたので、た。案の定、自分が読みかけで置いた文庫の表紙を見直している。

小さないたずらが決まったようで、昼休みが終わるまでの読書は楽しさが増した。

その後もたまに同じ店で見かける彼は、読書の傾向がジャンルや年代を問わず英里子とよく似ているようだった。

英里子が文庫で持っている本を彼は単行本で読んでいたり、あるいはその逆だったり。気がついてカウントしているのは英里子の側だけだろうが、カウント数が増えるのは楽しかった。英里子は自分の読む本にカバーをかけないようになっていた。

そして、いつの間にかこの店で彼を見かけることを楽しみにしている自分に気がついた。本のカウントが増えるごとに、透明のコップに水が注《そそ》がれていくように増えていく気持ち。


私、あなたと読んでる本がとても似てるんです。


そんなふうに声をかけたら、彼は変な女だと怪訝な顔をするだろうか？

でも、コップからはもう水が溢れそうだ。だって初版が二十年も前の文庫を彼のほうも持っていたりする。

あの本はどうでしたか。この本はどうでしたか。あなたが好きな本は何ですか。私の好きな本はこれなんです。

そんな話をしてみたい。コップから溢れそうな水に名前をつけるのなら――

本を読むために見つけた行きつけの店で、まだ向こうにとっては出会ってすらいない、自分とよく似た本棚を持っている彼。

これを恋などと呼んだら誰かに笑われるだろうか？　でも、架空の誰かに笑われることと手を伸ばしてみることを天秤にかけたら？


今、読んでいる本を読み終わったら。

そのときもまだ彼がこの店を行きつけにしていたら。

そんなことを思いながら英里子は今その本を読んでいる。その本はランチのときだけだ。通勤の行き帰りや家では読まない。急いで読んでしまうと及び腰になりそうで恐い。

ゆっくりと、ゆっくりと。

読み終わったときに私が勇気を出せますように。

名付けて恋の熟成本。敢えて分厚い文庫を選んだが、祈りながらめくるページはあと数回ランチに通えば尽きるところまで来ていた。

fin.

【振り返って一言】 いつか続きが書けたらいいなと思いつつ、手つかず。

特別収録小説2

ゆず、香る

２０１１年８月から販売された入浴剤と小説がセットになった「ほっと文庫」（バンダイ）のために書き下ろされた短編小説です。全６種類の「ほっと文庫」の小説は、色、香りをキーワードにしたストーリー。入浴剤は、その色と香りを再現。有川さんの小説は、高知の名産品「ゆず」がテーマでした。

＊

父の田舎がゆずの採れる山里だった。

その土地には、海に大らかに流れ込む川が幾本もある。遡るのはその内の一本だ。川に沿ってくねくねと蛇行する道を車で小一時間も上ると、やがて空が狭まってくる。海沿いではひたすらに開けっぴろげだった空が山の稜線でぎざぎざに切り取られ、窮屈に遠くなっていく。

途中から一車線になる道は対向車が来るとすれ違いもできないほど狭くなり、そのせいで土地のドライバーはすれ違いの待避スペースを探しつつ車を走らせる技能に長《た》けている。たまに余所《よそ》者が向こうから来て鉢合わせると、その待避所が分からないうえにつづら折りの細道をバックできる技能がないものだから、頑として後ろに下がらない。

「おおの、そっちがちょっと下がればすっとすれ違えるに」

父もよく顔をしかめながらつづら折りをするする器用にバックしていた。

雨がよく降る土地だ。激しい雨が空気を洗って通り過ぎ、うっすら霧が残っていることがよくあった。照っているのに道路脇の山肌から繁るシダが水滴をまとっていることも。

――やがて、ぽかりと集落が現れる。

山の斜面に家がしがみついているような小さな村だ。かつては林業で栄えていた。戦後、安い輸入材に負けて名産の杉がすっかりいけなくなって、どうにか代わりの産業をとゆずの栽培が始まったという。

最初は軌道に乗らなかったらしい。高値で買い取ってもらえるゆずは傷の入っていないきれいな玉で、村で採れるゆずはごつごつとした傷玉ばかりだったのだ。村には年寄りが多く、急斜面の畑で消毒や手入れが行き渡らない。傷玉は加工用にしかならないので買い叩かれる。

それなら加工品を自分たちで作って売ろう、と取り組んで、長い試行錯誤の末に多数のゆず商品の開発に成功したそうだ。

ゆずが実る晩秋は、村が一番明るくなる季節だ。山肌の畑に鈴なりに生《な》る黄色いゆず玉が村の色彩をほかの季節より楽しげにする。そして何より――

この季節は村から離れて町に住んでいる親類縁者がゆずの収穫を手伝いに集まってくるのだ。

彼女の家もそうだった。父は村から離れて県庁所在地の銀行に勤めていたが、その山里には祖父母が残っており、収穫月には休みのたびに家族総出で収穫の手伝いに帰っていた。当時は小学生だった彼女もしっかり人手に数えられていた。

急な斜面で鋏を振るってゆずを摘むのはとても無理だったが、ゆずの加工場に集まったゆず玉を運んだり磨いたり、子供がちょこまか走り回って手伝う作業は山ほどあった。

少しお姉さんになると、佃煮《つくだに》やゆず茶用にゆずの皮を刻んだり。トントンとリズミカルに鳴るまな板はほのかな憧れを誘う大人の音色だった。

一家で手伝ったご褒美は、段ボールで持たされるゆず玉と、搾りたての柚《ゆ》の酢。冬至を待たずにゆず玉が一面に浮いたお風呂に入り、湯上がりには蜂蜜《はちみつ》をたっぷりと入れてお湯割りにした柚の酢が待っている。塩を入れて日保ちがするようにした柚の酢は飲み物にはならない。塩を入れない搾ったままの柚の酢は、その季節だけの贅沢品だった。

とにもかくにも、子供の頃はゆずにだけは不自由したことがない。

だから――

「都会に来るまで、ゆずがこんなに高いなんて思ってもみなかったのよねえ」

大学時代からの友人である彼にそんなことを話したのは冬至の頃だったたか。

仕事でくさくさすることが重なり、朝のＴＶで冬至の特集を見て久しぶりにゆず湯でも――と会社帰りにスーパーに寄って驚いた。ゆず玉一つがご大層にパックされて、二百円も三百円もしたのである。

もしかしたらスーパーだから高いのか、と八百屋に寄ってみたが単価は似たようなものだった。

「ゆずって高級品なのね、知らなかった。よく考えてみれば、薬味ってどれもちょっぴりで割高なもんではあるんだけど」

「へえ、そうなんだ」

感心したように頷《うなず》く彼は、一人暮らしだが手の込んだ自炊などはしないらしく、薬味の相場も初耳らしい。

「だけど、中学生のときにお父さんの転勤で県外に引っ越したんじゃなかったっけ？　今までその相場は気がつかなかったの？」

「それがねえ」

彼女は笑いながらゆず酒のグラスを軽く呷《あお》った。メニューでゆずと見かけるとつい注文してしまうのは、ほとんど条件反射に近い。今はそこらの居酒屋でもゆずのサワーくらいなら置いてあるが、子供の時分の柚の酢に比肩する風味にはなかなかお目にかからない。でも、この店のゆず酒はなかなかいい線を行っている。

「田舎のおじーちゃんおばーちゃんってね、子供が地元を離れても季節ごとに畑の物とか送ってくるのよ。しかも大量に」

「ああ、じゃあ……」

彼も合点がいったらしい。

「そう。冬至の時期になると欠かさず段ボールで送られてくるのよ、ゆず玉が。おかげで地元を離れてもゆずには当分不自由しなくって」

「そっか」

頷きつつ彼の眉《まゆ》が八の字に下がった。ごめん、とその表情が言っている。——まったく。

濃《こま》やかなんだから、この男は。

祖父が亡くなり、祖母が亡くなり。山里からゆずを送ってくる身内はいなくなった。

それでも、父は生まれ育った村の友人知人と細々と交流が続いており、そこからゆずのお裾分けが毎年来ていたが――

その父も三年前に亡くなった。亡父の縁《ゆかり》の人と疎遠になるには充分な時間だ。兄の一家と同居している母のところにはたまに便りが来るらしいが、離れた土地で独り立ちした娘のところまではその消息もなかなか流れてこない。

彼女が故郷として思い出すのはその山里だが、もうそこは故郷の要件を満たしていない。

父は次男だったので墓を預かる立場ではなく、亡くなったときも母が頻繁に参れるようにと同居の兄が暮らす関西に父の墓を建てた。

もう祖父母の大きな法要も終わっているので、よほどのことがないと田舎からお呼びがかかることはないだろう。

訪ねていける祖父母がいなくなり、川沿いの曲がりくねった道を車でするする行く父がいなくなり、そうなってみるとその山里は彼女が一人でふらりと帰るにはいかにも遠い。

身近だったゆずの香りも遠くなった。

「そんで、三十過ぎにして初めてゆずの相場を知ったわけ」

そっか、と彼はまた頷いた。

「でも、そのときはどうしてもゆず湯に入りたかったの。それもゆずの香りでいっぱいのお風呂」

「え、じゃあ高くついたろ」

ううん、と澄まして頭を振ると、彼は首を傾げた。

「どっかで安く買えたの？」

「ううん」

そして彼女はいたずらっぽく指を一本立てた。

「買ったのはいっこ」

「……それじゃ、ゆずの香りでいっぱいとはならないんじゃないの？」

「それがなるんだなぁ」

ますます首を傾げてしまった彼に種明かしをする。

「一つをね、細かく刻んで、不織布の袋に詰めたの。ワンルームの狭いバスルームだから、充分香り豊かだったわ」

ああ、と彼はなぞなぞの答えを聞いたような顔をした。

「貧すれば鈍するって嘘ね、あれ。貧しければ貧しいなりに人間って工夫するわよ」

——でも。

もうゆず玉が一面に浮いているような贅沢なお風呂に入ることは一生ないのだろうな、と気がついて、ゆずの香りを吸い込んだ胸がきゅうっと痛くなった。

帰りたいな——と口に出して呟《つぶや》いたつもりはなかったが、彼に「え？」と首を傾げられて、言葉が漏れていたことに気づく。

「ごめんごめん、何でもない」

それよりさ、と話を変える。

「相変わらずガンダムとか作ってるの？」

「いやいや。別にうちの会社、みんながみんなガンダム作ってる訳じゃないから。色んな事業展開してるから」

「え、でも好きだったよね？」

子供の頃にTVシリーズが放映されていたそのロボットアニメを彼はかなり好きだったはずだ。彼とは大学のサークルで知り合ったが、サークルの男子学生たちはしょっちゅうガンダム話で盛り上がっていたものである。

一度、女子たちでうっかり「そんなに面白いの？」と尋ねてたいへんな目に遭ったことがある。あんな名作を知らないとはなんて不幸なんだ、と訳の分からない同情心を大いに刺激し、寄ってたかって見所、キャラクター、名台詞《めいぜりふ》を語られたのである。

お陰で彼女は本放送をほとんど観たことがないのに、隊長機には角がついていることや敵側のヒーローが赤い専用機に乗っていることを何故か知っている。

「こないだお笑い芸人がガンダムを語るって番組をやってたんだけど、びっくりしたわよ。名台詞とかキャラクターとかほとんど全部分かったもん」

「よしよし、俺たちの教育はちゃんと染みついてるな」

「よかぁないわよ、どうしてくれんのよこの女子としてまったく生かしどころのない無駄な知識を」

「ガンダム好きな男を陥落するには役立つぞ。俺なら初対面でランバ・ラルを語れる女子がいたら好感度アップだ」

一頻《ひとしき》りバカな話をして、彼が何かを懐かしむように笑った。

「俺たちの世代でガンダムって男の子の共通言語みたいなもんなんだよ。取り敢えずこの話題なら盛り上がれる、みたいな。サークルで初対面のときってみんな緊張するじゃん。そこに誰かが『好きなモビルスーツって何だった？』って話を振ってさ。男子側では一気に人見知りの壁が崩れたっていうか」

女子が立ち会っていなかったところでそんないきさつがあったとは。

それでも、そんな中で一番熱心に語っていたのは彼だったような気がする。

「だからあなたが就職決めたとき、こけの一念って正にこのことだなぁって感心してたんだけど」

「こけの一念ってひどいな、情熱って言ってくれよ」

彼が唇を尖《とが》らせる。そんな顔をすると子供みたいでかわいい。——って三十男摑《つか》まえて何言ってんだか、と自分で苦笑する。

「いやー、毎日ご機嫌でガンダム作ってんのかと思ってた」

「もちろん会社的に柱の事業の一つだけど、他にも色々手広くやってるよ。ま、ガンダムで有名な玩具《がんぐ》メーカーだからってガンダムばっかり作ってるわけじゃないっていうのは、俺も就職してみてから改めて思ったことだけど」

「え、じゃあ今何やってるの？」

「新しいプロジェクトに関わってるとこだけど……一応まだ社外秘だから」

「あ、ごめん」

会社員の仁義にもとる質問だった。詫《わ》びを入れると「オープンにできるようになったらまた言うよ」と彼は笑った。

ラストオーダーで彼女はゆず酒をもう一杯頼み、彼も日本酒を冷やで頼んだ。彼と飲むときは締めがデザートにならない。デザートはさっと出てきて、さっと食べ終えてしまう。だらだらと喋る時間を引き延ばしたくて、彼女はいつも最後の一杯をアルコールにする。

彼のほうはどうだか知らない。

その日も締めのゆず酒をちびちび舐《な》めているうちに、店員が看板を急《せ》かしに来た。

会計は割り勘。友達なので当然だ。

店を出て最寄りの駅まで何てことのない話をしながら歩く。終電を過ごすことを前提でもう一軒行こうか、ということにはならないのがお互い暗黙のマナーになっている。

もし、駅に向かうこの合間に、こちらから手を繋《つな》いだらどうなるかな――ということは、何度か考えたことがあるが実行に移したことはない。

「じゃあ、また」

「うん、また」

そんなふうに改札で礼儀正しく別れ、次に会うのは一ヶ月から二ヶ月の間。いつの頃からかそういうサイクルが成立している。
＊

親しくなったきっかけはみかんだった。

共通の友人にはみかん戦争と呼ばれて今となっては笑《わら》い種《ぐさ》となっている。

英会話のサークルだったが、とにかく英語で喋ってみようという気軽なノリの集まりで、サークル部室に集まってお題に従ってスピーチをしたり討論をしたりが常だった。話題が盛り上がってくると英語を放棄して日本語で雑談に突入してしまうので、あまり真面目な語学研究サークルではなかったような気がする。

入学してまもなく、好きな果物というお題で新入生が順番にスピーチをしていたときのことである。

彼女の番が来たので発表した。

「My favorite fruit are mandarin oranges.（私が一番好きな果物はみかんです）」

「Mandarin oranges from my hometown are not produced in great quantity but they taste the best in Japan.（私の出身地で採れるみかんは、生産量は少ないですが、日本一おいしし

いみかんです）」

その後、小振りだけど皮が薄くて、甘味と酸味のバランスが絶妙で、などということを続けようと思っていたのだが、

「I object!（異議あり！）」

と断固たる反論が挟まれたのである。何だこら、と顎《あご》を煽《あお》ると、彼が不本意そうに唇を尖らせて手を挙げていた。

「The most tasty mandarin oranges in Japan are produced in My hometown.（日本で一番おいしいのは、僕の出身地のみかんです）」

――彼の出身地は静岡だった。

お互いたどたどしい英語で議論を戦わせていたが、ついに途中で二人とも英会話を放棄した。

「みかんに関しては譲れない！　こっちはみかんの収穫量で全国ベスト3に入ってるほどのみかんの産地なんだ、そっちは全然メジャーじゃないじゃないか！」

「量が多けりゃえらいってわけじゃないでしょ⁉　大事なのは味よ、生産量が少ないから全国的には出回らないけど、その分すごくおいしいんだから！」

「静岡のみかんがおいしくないとでも言うのか⁉」

「うちのみかんだって負けてないって言ってんの！」

何でお前ら、たかがみかんでそこまで熱く語れるの？　と周囲は呆《あき》れ顔だったが「郷土

の誇りがかかってるんです！」と二人で同時に噛《か》みついた。

議論は延々平行線で、ついに部長から仲裁が入った。

「それじゃあもう、みかんのシーズンになったら二人とも田舎からみかんを取り寄せろよ。部室で食べ比べて雌雄を決する、それまでみかんの論争は禁止！　異論はないな？」

不承不承ではあるがお互い矛《ほこ》を引き、その場はひとまず治まった。

だが、その後も小競り合いは勃発した。

「The most well-known product in my hometown are eels. There are lots of fantastic eel restaurants in Shizuoka, which is the home of the most delicious eels in Japan.（僕の生まれ故郷の名物は鰻《うなぎ》です。静岡には鰻の名店がたくさんあって、鰻が日本一おいしい土地です）」

彼の発言に「I object!」を挟んだのは今度は彼女である。

「There are many clean and clear rivers in my hometown where you can catch a lot of wild eels. They taste indescribably good and they are as eels from his hometown.（私の故郷にはきれいな川がたくさん流れていて天然の鰻がたくさん捕れます。そのおいしさは口で言い表せないほどで、彼の出身地の鰻にも負けません）」

「Why don't you describe it? This is English-speaking society after all.（口で言い表したらどうですか、英会話のサークルなんだから）」

最終的に部長から「お前ら、『日本一』ってフレーズ禁止な」という命令が下されたが、その頃には故郷と関係ない話題でもお互い突っかかるようになっていた。

最初は負けじ魂だったが、途中からまるでレクリエーションのようになっていた。自分がこう言ったら、相手は何と突っかかってくるだろう。それを楽しみに待ち受けるようになっていて、彼女のほうは彼が何も言ってこないと拍子抜けしてしまうほどだった。彼のほうも多分同じだったと思う。

言い合っているうちに目が合ってお互い吹き出してしまうこともよくあった。彼とくだらないことで討論するのが楽しくて、英語力もだいぶ上がったように思う。

「えっ、店で鰻食べたことないの？」

一体何の拍子でそんな話題に滑ったのだったか。鰻戦争のしばらく後、部室でたまたま二人のときだったと思う。

「うん、鰻ってお父さんとおじいちゃんが川で釣ってきて、家で食べるものだったから」

「えー、鰻って川でそんなにほいほい釣れるもんなの？」

静岡ではやはり養殖が圧倒的だという。

「うち、おじいちゃんが鰻釣りの名人だったんだよね。お父さん一人で行くときはボウズのときもよくあったけど」

「鰻ってどうやって釣るの？　イメージ湧かないんだけど……フツーの釣り竿《ざお》？」

「うちはひご釣りだったみたい」

「ひご釣り？」

怪訝な顔をされて、どうやら一般的な単語ではないらしいと分かった。

「こう、これくらいの長さの竹ひごでね」と腕を広げる。およそ一メートル強。

「先っぽに針がついてて、餌にカンタロウをつけるの」

「待って待って、カンタロウって何？」

ああそうか、これも全国共通の呼び名ではないのか、と補足する。

「知らないかな、大きいミミズ。青黒くて、太くて長いの。三十センチくらいある」

「もしかしてシーボルトミミズのこと？」

シーボルトミミズというのは彼女のほうが初耳だ。特徴を聞くとどうやら同一種のようだが、彼女の地元ではカンタロウと呼んでいた。

「とにかくミミズをつけて、鰻が潜んでそうな穴に竹ひごを差し込むのよ」

「っていうことは、川に入るの？」

「そうよ。ウェットスーツ着て川の中をざぶざぶ歩いていくの」

「それ釣り？　俺のイメージするところの釣りとはだいぶ違うんだけど……」

「失礼ね、立派な釣りよ」

少なくとも彼女の田舎ではメジャーな釣りだった。

「そんで、穴の中に鰻がいたら針に食いつくから、それをずるりずるりと引っ張り出して捕まえるの」

へえ、と彼は目を丸くした。

「静岡ではやらないの？」

「やるところもあるかもしれないけど、俺は街の子だったからなぁ……祖父母の家も市内だったし」

対決モードに入っているとき以外は、彼は楽しく話を聞いてくれる良い聞き手だった。知らないことを素直に感心しながら聞いてくれるので、彼女も気を良くしていつも饒舌《じょうぜつ》になった。

「他にも仕掛けで捕ったりね」

「仕掛けって、罠《わな》？」

「そう。モジっていう道具があってね、竹を編んで作った筒なんだけど、口のところで竹を折り返してカエシにしてあって、鰻が一度入ると出られないようになってるの。そんで、中にミミズを入れて鰻の通りそうな場所に沈めておくの」

「それ、沈めてどれくらいで鰻が入ってるの？」

「それはそのときどきかなぁ。おじいちゃんは何日か沈めといたと思うけど」

捕れた鰻を家で捌《さば》く、と言うと彼はまた目を丸くした。

「家で鰻を捌くって文化はなかったなぁ。どうやって捌くの？　まず頭を落とすわけ？」

「頭落としたら捌けないよ、目打ち出来ないもん」

鰻は生きたまま捌かなくてはならないが、あまり元気では暴れて手こずるので、彼女の家では冷凍庫で冷やして弱らせてから捌いていた。まな板に頭を目打ちして、エラの後ろから開いて背骨をこそぐ。彼女の家ではやりやすさの点で背開きだった。

うちの嫁は鰻が捌けにゃあ、と嫁入りしてきた母は祖父に鰻の捌き方を仕込まれ、最初は半べそでおっかなびっくり捌いてせっかくの鰻をズタズタにしたという。

「ワイルドだなぁ。君も捌けるの？」

「おじいちゃんが生きてたらそろそろ仕込まれてたかもね」

すごいなぁ、すごいなぁ、と話を聞いていた彼が「でも」と逆接を繋げた。

あ、そろそろ対決モードに入ってきたかな、とにやにや待ち受ける。

「おいしい鰻屋がいっぱいあるってことならうちの田舎も負けてないぞ」

何の話してんの、と首を突っ込んできたのは彼と親しい部員だ。そのまま鰻話に周りが乗っかり、静岡に鰻を食べに行こうという日帰りツアーが持ち上がったのは後日である。

男女取り混ぜて一時は五、六人ほどが参加の予定だったが、蓋《ふた》を開けると最少催行人数は二名のツアーになった。

金欠を理由に直前でドタキャンが相次いだのだ。遊び盛りの大学生にとって、わざわざ鰻のためだけに静岡というのは冷静に考えると優先順位が下がるツアーだったらしい。

結局残ったのは彼と彼女の二人だけだった。

「どうする？」

尋ねたのは彼女のほうだ。

「やめる？」

彼女としては店で食べる鰻は初体験で、しかも彼が選《え》りすぐりの店に連れていくというのは楽しみにしていたが、二人きりになってしまったというのが微妙だ。

だって東京から静岡くんだりまで二人でおでかけって、まるでデートみたい——なんてことを考えてしまい、気まずいような照れくさいような。

「やめたい？」

彼に訊き返されて、言葉に詰まった。ここで頷くとまるで二人で行くのは嫌だと言っているみたいで友人関係にひびが入りそうだ。かといって、行きたいと熱烈に希望するのも何だかちょっと。

「あたしは別にどっちでも……」

生煮えの返事をしながら「でも、楽しみにはしてたけど」とできるだけ軽い調子で付け加えてみる。

「じゃあ行こう」

彼は即答だった。

「俺、君に食わせたかっただけで他の奴らはおまけだったし」

何だ、こんなにあっさり二人でいいと言ってよかったんだ、と拍子抜けした。

最少催行人数二名で決行した静岡日帰り鰻ツアーで、彼の選りすぐりの店を二軒ハシゴした。

「どう？」

尋ねる彼のどや顔がちょっと癪《しゃく》に障ったが、おいしいと認めないのは不公平なくらいにおいしかった。

「やっぱり調理の技術が違うのかしら。確かにおいしいわ、養殖だけど」

微妙に天然のすごさをアピールしつつ、「それに」と付け加える。

「肝吸いにちゃんと肝が入ってるのがいいなあ」

彼が「……どういうこと？」と首を傾げる。

「だって、一人に一つ肝を付けるためには、人数分の鰻を釣らなきゃいけないのよ」

彼女の家は五人家族で、田舎に行って祖父と祖母を合わせると七人だ。

「一回の釣りで七匹鰻を釣るって至難の業よ。大漁したってせいぜい五匹がいいとこね。そんで、釣った人が一番えらいからおじいちゃんとお父さんがまず取るでしょ。それから敬老の心がけでおばあちゃん、捌いた労でお母さん、後はじゃんけん」

「子供に譲ったりとかは……」

「そんな甘えた思想はなかったわね、我が家は」

「ああ、だからそんなふうに……」

「どういう意味」

追及すると彼は「いや、たくましいなぁと思ってさ」と笑ってごまかした。

じゃあそろそろ、と二人で示し合わせたのは秋口だ。

部長の仲裁で棚上げになっていたみかん対決である。彼女は父に頼んで田舎から送ってもらい、彼もこれぞというものを取り寄せたらしい。

「まだ忘れてなかったのか、お前らは」

随分打ち解けたと思ってたのに、と部長は呆れ顔だったが、仲良くなってもこれはこれ、それはそれである。故郷対決は譲れない。——もしかすると、仲良くなった分だけ余計に楽しみにしていたかもしれない。

部員にお互いのみかんを一個ずつ配り、彼と彼女もお互いのものを受け取る。

お互い剝《む》いて一房。

部員が固唾《かたず》を呑んで見守る中、探るように目を見交わした。

「……あのさ」

「うん」

彼の言わんとするところは分かっていると思う。——多分。

「俺は、絶対自分の田舎のものが一番好きなんだけど」

うん、それはあたしもよ。——だけど。

「敵ながらあっぱれ、ってことにしとかないか？」

「異存はないわ」

「じゃあ」

彼が手を差し出し、彼女も受けた。

固く交わされた握手は、みかん戦争の終結として彼と彼女が卒業するまで語り継がれることとなった。

＊

「どうして付き合わなかったの？　あんたたちって絶対そのうち付き合うと思ってた」

今でもそんなことを共通の友人に訊かれる。たとえば電話で話したりするときに、時折思い出したように定期的に。

自分に訊かれる分にはかまわないが、彼のほうにも訊かれていたら彼はどんな気持ちになるのかな、とたまに気になることがある。

「だって友達だったしさ。付き合うとかってあんまり考えたことないよ」

訊かれるたびに適当にはぐらかすが、付き合うという選択肢を逃した決定的ないきさつが一つあった。


「彼と付き合ってるの？」

同じ授業を取っていた友達にそう訊かれた。仲は良かったが、付き合ってはいなかったので「ううん」と答えるしかない。

「じゃあ紹介してくれない？　前からちょっといいなって思ってたの」

とっさにいやだと断るには「あたしも彼のこと好きなの」という理由しか許されない。しかし、反射でその理由を選択するほどはっきり意識していたわけではないのもまた事実で、戸惑っているうちに何となく承諾させられた。

気が進まないながら、彼に話すタイミングを探していたときである。

部室で二人になったとき、彼から「話があるんだけど」と切り出された。

あのさ、と言いづらそうに逡巡《しゅんじゅん》する気配に妙な緊張感が高まっていく。

——もし。

もし、今ここで好きだと言われたら、紹介を断る理由になるのになぁ、なんて。

ごめん、やっぱりあたしも彼のこと好きだったの、なんて。

責められるかもしれないけど、気まずくなるかもしれないけど——もしもそうなったらあたしは。

「俺の友達が君のこと紹介してくれって言っててさ」

一瞬走った埒《らち》もない妄想は敢えなく転倒。——なーんだ。

やっぱりそんなもんだよね。ここから劇的に恋が始まったりはしないよね、だって故郷対決でバカな話ばっかりしてるだけの友達だもの。

彼だって友達に紹介してくれって言われて紹介できちゃう程度の、

「やだ、奇遇」

明るく声を張り上げた。胸をよぎったいろんな気持ちを振り切るように。

「あたしも友達に頼まれてたの、あなたのこと紹介してくれないかって」

彼はキツネにつままれたような顔をして、「ああ、なんだ」と頷いた。

なんだ、じゃあ。

「ちょうどよかったね、お互い」

ちゃんちゃん、とそこで手打ちだ。お互い引き合わせる段取りをてきぱき交換。

紹介された彼の友達には「今、好きな人っているの」と訊かれて、いないと答えたので何となく付き合うことになった。

彼のほうも彼女の友達と似たようなことになったらしい。

彼女のほうは何となく付き合いはじめたその彼氏としばらくして何となく別れた。彼のほうもやっぱり何となく別れたらしい。

「どうして続かなかったのよ、いい子なのに」

そうつつくと、「そっくりそのまま返すよ」とつつき返された。

お互い、彼氏彼女がいたときは何となく遠慮していたじゃれ合いも復活し、しかし友達という位置づけは一層強固になった。

気の迷いのように甘やかな気持ちが湧き上がることが時折あっても、その端から冷水を浴びせられる。

何を勘違いしてるのよ、友達を紹介されちゃう程度のくせに。

付き合われて平気じゃない相手には友達なんか紹介しない。

「けっこうお似合いなのに」

周りにそんなことを言われても揺らぐな、気を取られるな。

話をしていて楽しいのは友達だからこそだ。お互い変に意識しはじめたらこの楽しさも居心地のよさもなくなるのだ、きっと。

彼氏彼女は別れたら恋人同士じゃなくなるが、友達は一生友達だ。

分を弁《わきま》えていればあたしは一生彼を失うことはないのだから。


「けっこうお似合いなのに」

今でもたまにそんなことを言われる。

揺らぐな、気を取られるな、分を弁えろ。

ここまでいろいろこらえてきたのに、今さら気の迷いを起こして失ってたまるか。

「やめてよ、どうにかなるならとっくの昔にどうにかなってると思わない？」

「それもそうか」

友人たちもあっさりそう納得する。そして納得されるたびに——

やっぱり自分たちはそれが似合いの関係なのだ、と根拠が強固に塗り直されていくのだ。

＊

また何回か食事を重ねて、季節がいくつか巡った。

「あのさ」

店に入るなり彼がそう切り出した。

「前に、会社で新しいプロジェクトに関わってるって言ったの覚えてる？」

「ああ、うん」

一つ前の冬だった。まだ社外秘だから、と詳細は伏せられた。オープンにできるようになったらまた言うよ、と。

「やっと商品化の目処《めど》が立ったんだ。これ、発売前のサンプルなんだけど」

言いつつ彼が会社のロゴが入った紙袋を差し出した。

「パッケージはまだ暫定なんだけど、よかったら使ってみてくれないかな」

「え、いいの？　ていうか、あたしが使えるようなものなの？」

「うん、どっちかっていうと女性向け商品だから」

わぁい、と受け取りながら彼の会社柄の懸念がふとよぎる。

「……モビルスーツのネイルシールだったりしたら嫌よ」

「うちの会社を何だと思ってるんだ」

憤然とした彼にごめんごめんと詫びながら紙袋を開けようとすると、「待って待って」と慌てて止められた。

「家に帰ってから開けて」

「何よ、ここで開けられないようなものなの？」

いよいよ何かキワモノ商品か、と訝《いぶか》ると彼は「そうじゃないけど」と歯切れが悪い。

「家で開けてほしいんだ」

分かった、ともらった紙袋を鞄にしまう。

もらい物の中身は気になりながら、いつもながらの気取らない雑談の楽しさにまぎれて好奇心も落ち着いていった。

この店にもゆずサワーがあったが、彼女的に今ひとつだったのでお代わりはしなかった。その代わり、もう故郷の要件を満たしていない故郷の地酒があったので、ラストオーダーの一杯ではそれを注文した。

看板まで粘って店を出て、最寄りの駅へ。改札前で「じゃあまた」と礼儀正しい別れ。

これまでも、これからも。

きっとずっと変わらずに。

だが、先に改札を潜《くぐ》った彼女に、彼が「なあ」と声をかけた。

異例のことだ。

振り向くと彼が改札の外からまっすぐ見ていた。

「使ってくれよ」

へ？　と首を傾げ、そしてもらった紙袋を思い出す。

改めて念を押さなくても、と思いつつ掲げてうんうん頷くと、彼は再び口を開いた。

「君が喜んでくれたら、俺は嬉しい」

まるで英文和訳したような固い口調で言い残し、そして彼は自分の使う駅へ去った。

風呂はシャワーで済まさず、きちんとお湯に浸《つ》かりたい派だ。

部屋に帰って真っ先にバスタブに湯を張り、その間に着替えて化粧を落とす。

そして彼が念を押していたサンプルを開けた。

「へえ、入浴剤」

確かに『どちらかといえば女性向け』な商品だ。パッケージは気持ちが明るくなるような黄色。

香りはゆずと書いてあった。

「へえ……」

商品開発の話を聞いたのは冬至の頃だった。確か、ゆず湯の話をした。ゆずが高かったので一つを刻んで使った、なんてみみっちい話をくどくどと。

もしかして、あのときの話がきっかけになったのかしら——そんなことを考えながら、パッケージを裏に返して製品ラベルを見る。

思いもかけない表記が目に飛び込んで、こらえる間もなく涙が溢れた。

原材料のゆずの産地が書かれていた。

高知県、馬路《うまじ》村。

もう故郷の要件を満たさなくなってしまった彼女の故郷の村だった。

君が喜んでくれたら、俺は嬉しい。

バスルームの給湯器がお湯が溜まりましたよとアラームで呼ぶ。

服を脱ぎ捨てて、バスタブの上で入浴剤のパッケージを切った。お湯に溶け込んで薄い黄色に染まる。

浸かると、ゆずの果汁を直接搾ったような瑞々《みずみず》しい、しかしわざとらしくはない素朴な香りが鼻をくすぐった。

わざとらしくないのですぐに鼻が香りに慣れる。しかし、長く浸かっていてもふと気がつくと柔らかくゆずが香る。

お湯が温《ぬる》くなるまで浸かり、渋々上がった。ワンルームの風呂に追い焚《だ》きの機能はない。

着替えると時刻は真夜中を大きく回っていた。携帯を手に取る。

こんな時間に電話を鳴らす文化は、礼儀正しい彼と彼女の友人関係の歴史に今までただの一度もなかった。

だけど。

もし、先回りして諦《あきら》めてしまっていたのが、向こう側も同じだとしたら。

もし、今この電話が繋がったら、礼儀正しい今までの歴史を踏み切って跳べる。

電話はコールを三回数えず繋がった。

「もしもし」

何かを予感しているような静かな声。

「今、使った」

それだけ言うと、喉《のど》の奥に固まりがつかえた。

「すごく嬉しい」

涙を飲み込みながらそう訴えると、彼はやっぱり静かな声で「うん」と答えた。

長い電話になった。

礼儀正しい今までの歴史を塗り直すように、たくさんたくさん話をした。

fin.

【振り返って一言】　依頼が来たときに、「香りは高知のゆずを使ってください」とお願いしました。

ゆずといえば高知、馬路村。コンビニの限定お菓子で「ゆず物」が出ると、「高知県馬路村のゆずを使用」と註釈があることが多いです。

最近は馬路村以外にも、県内の各村がゆず製品に取り組んでいます。

ご興味があったらぜひ。

◆馬路村ふるさとセンター　まかいちょって家ＨＰ…村の説明、観光案内など

http://www.umajimura.jp/

◆馬路村農協ＨＰ「ようこそ、ゆずの村へ。」…ショッピングサイトもあります

https://www.yuzu.or.jp/

文庫版のためのあとがき

「他人から良く思われようとすることを諦めると人生はまこと生きやすくなる」というような言葉を曽野綾子《そのあやこ》さんのコラムで読み、それからというもの座右の銘はこれである。人に嫌われたくないというのは人間の本能のようなもので、これを諦めるのはなかなか難しいが、ともあれ諦めるという選択肢を手に入れたことで私の人生は少し楽になった。何しろ、私に対してああするべきだのこうあるべきだの言ってくる人は、私の人生に何一つ責任なんぞ取ってくれやしないのである。無責任な他人の言うことにくよくよするほど人生の残り時間は長くない。平均寿命でいうなら折り返し地点はとうに過ぎている。

誰にも嫌われたくない、世間にいい人だと思ってもらいたい、というような欲を抱えていると文章の切れ味が鈍る。ということを、この本に収録した文章を書きながら学んだ。限られた分量で言いたいことを言おうとすると、選ぶ球は直球しかなくなる。文字数が多ければ誤解を招かないようにケアを添えることができるが、一〇〇〇字前後の勝負ではケアを添えれば添える分だけ本質がぶれる。私には腕がないので仕方がない。

結果、気に食わない人はよその店に行ってくれと率直な球を投げ込むことになる。ぶれてはならない問題を取り上げるときは特にだ。喧嘩《けんか》上等な気質もあって、乱暴だと思う人もいるだろう。実際、私は自分の領域を侵されたら反撃は秒の乱暴者なのである。ロングロングタイムアゴー、私が女子大生だった大昔、局部モロ出しで自転車に乗ったおっさんが「ま○こせえへんか⁉」と叫んできたので、自転車を蹴倒したことがある。反撃は脳を通さず脊髄《せきずい》から繰り出る。逃すは名折れだ。しかしその後、過剰防衛に問われるのではと走って逃げた。乱暴者だがチキンでもある。後先も考えていない。取り敢えず双方既に時効である。

こんな奴が「ゆず、香る」を書いた、がっかりする向きがあって当然だ。

だが、お互い相容《あいい》れない同士でも、お互い関係ない者同士として生きていけるのである。地球は広い。天を高く飛ぶ鳥も、石の裏にへばりついているダンゴムシも、同じ星の上に存在できる。——と、私の友人が言っていた。鳥には鳥の、ダンゴムシにはダンゴムシの生き様があり、お互いの生を全うするのみである。

私はチキンな乱暴者のダンゴムシとして生きていくので、相容れない方はそっと飛び去ってほしい。チキンな乱暴者のダンゴムシは、チキンな乱暴者のダンゴムシをそれでも好きだと言ってくれる人に向かって、自分のできる限りの力で物を書きたいと思う。

ちなみに、ダンゴムシのエッセイ集第二弾がこの文庫刊行の翌月に出るらしい。ダンゴムシは今まさにゲラや確認作業を頑張り中である。改名のいきさつは、そちらに。

（二〇一九年より）有川ひろ

初出一覧

十代のころ影響を受けた世界へ　公募ガイド　２００４年１月号
どこの不審者だおまえ！　電撃の缶詰　２００４年10月号
書店さんに手を引かれ　日販通信　２００８年８月号
活字戦線異常あり　月刊みんぱく　２００８年10月号
笑ってもらえるなら上出来　読売新聞大阪版夕刊　２０１０年１月７日
バナナはもうイヤ　読売新聞大阪版夕刊　２０１０年１月14日
全身じんま疹の「痛い自慢」　読売新聞大阪版夕刊　２０１０年１月21日
生きてるんだから、書かなきゃね　読売新聞大阪版夕刊　２０１０年１月28日
読書は遊びだ　各地方紙（共同通信配信）２０１０年５月
子供を守るため？　——再び都条例改正に思う　各地方紙（共同通信配信）２０１１年２月
東日本大震災の日　神戸新聞夕刊　２０１１年５月２日
「進捗なし」情報の大切さ　神戸新聞夕刊　２０１１年５月20日
新幹線のサービス力　神戸新聞夕刊　２０１１年７月６日
自粛は被災地を救わない　各地方紙（共同通信配信）２０１１年５月
身近な被災地支援　神戸新聞夕刊　２０１１年６月21日

自粛よりも図太さを　神戸新聞夕刊　２０１１年８月23日
「自粛」より楽しんで経済貢献を　産経新聞大阪版夕刊　２０１１年６月28日
「満足」にも支持の声を　神戸新聞夕刊　２０１１年７月22日
偉大な読書家、児玉清さん　神戸新聞夕刊　２０１１年６月６日
有事に冷静たること　神戸新聞夕刊　２０１２年３月３日
小説家になりたいあなたへ　神戸新聞夕刊　２０１２年６月２日
女性の元気さがバロメーター　神戸新聞夕刊　２０１２年９月１日
観光地に「おもてなし」精神を　神戸新聞夕刊　２０１２年12月１日
悔やみ続ける「けっこう」　神戸新聞夕刊　２０１３年３月２日
お天道さまの言葉　神戸新聞夕刊　２０１３年６月１日
攻撃的な見出しの裏側は　神戸新聞夕刊　２０１３年９月７日
首を傾げたくなる主張　神戸新聞夕刊　２０１３年12月７日
小劇場の携帯　産経新聞大阪版夕刊　２０１３年12月16日
オリンピック選手への「ご意見」　神戸新聞夕刊　２０１４年３月１日
「自称」全聾の作曲家　産経新聞大阪版夕刊　２０１４年５月１日
機内で泣く赤ちゃんは　神戸新聞夕刊　２０１４年６月７日
木綿のハンカチーフ　産経新聞大阪版夕刊　２０１４年８月14日
「雑音」と「騒音」の違いは　神戸新聞夕刊　２０１４年12月６日
文庫化のタイミング　産経新聞大阪版夕刊　２０１４年12月18日

未来への投資　にちぎんNo. 41　2015年春号
観る権利も観ない権利も尊重を　産経新聞大阪版夕刊　2015年9月28日
「嫌い」と公言慎みたい　神戸新聞夕刊　2015年3月7日
自作解説 in 2006　野性時代　2007年1月号（石井千湖氏によるインタビュー）
知らない人に届けたい　難聴者の明日No.133　2006年9月号
キャラクター小説一問一答　野性時代　2006年1月号

書店はテーマパーク　読売新聞朝刊　2008年12月14日
今のオトナはかつてのコドモ　小説tripper　2005年春号
読書感想文「非」推薦図書　各地方紙（共同通信配信）　2010年8月
読んでおいしい本　各地方紙（共同通信配信）　2010年11月
しゅららぼんって何だよ！　各地方紙（共同通信配信）　2011年7月
普遍の興味の源「おべんとう」　各地方紙（共同通信配信）　2011年10月
冷静なる戦争小説　各地方紙（共同通信配信）　2012年2月
特殊な知名度を持つ新人作家　各地方紙（共同通信配信）　2012年5月
物言わぬ彼らを想う本　各地方紙（共同通信配信）　2012年8月
匿名の毛布　各地方紙（共同通信配信）　2012年11月
「ゆるい共感」呼ぶすさまじい才能　産経新聞大阪版夕刊　2015年4月9日
女の友情に希望を持てる二冊　読売新聞朝刊　2009年1月18日

妻の身内意識を高めたい？　読売新聞朝刊　２００９年6月21日
本を薦めないことがお薦め　読売新聞朝刊　２００９年9月20日
パワーに溢れた結婚エッセイ　読売新聞朝刊　２０１０年2月21日
痛快極まりない大迫力の琉球王朝ロマン　週刊文春　２００８年9月18日号
幸せなほど恐くなる『もいちどあなたにあいたいな』　波　２０１０年2月号
恋する気持ちは変わらない　小説すばる　２００９年3月号
抑制された筆で語る有事の覚悟　波　２０１３年4月号
心に響いた一文　PHP Special　２０１１年10月号

愛する映画作品たち　ダ・ヴィンチ　２０１３年5月号（吉田大助氏によるインタビュー）
切れ味鋭いギャグの連続『秘密結社 鷹の爪 THE MOVIE 3』　産経新聞大阪版夕刊　２００９年12月25日
その奥にある豊かな余白『武士道シックスティーン』　産経新聞大阪版夕刊　２０１０年4月23日
トイレの謎がつなぐ絆『トイレット』　産経新聞大阪版夕刊　２０１０年8月27日
超一流のB級映画『RED／レッド』　産経新聞大阪版夕刊　２０１０年12月24日
この映画の主人公は……『阪急電車』　産経新聞大阪版夕刊　２０１１年4月22日
なぜか染みる塀の中の日常『極道めし』　産経新聞大阪版夕刊　２０１１年8月19日
いつか「次の集大成」を『はやぶさ 遥かなる帰還』　産経新聞大阪版夕刊　２０１２年2月24日
国家から言葉を守れ『図書館戦争 革命のつばさ』　産経新聞大阪版夕刊　２０１２年6月22日
愉快に燃える夢への情熱『天地明察』　産経新聞大阪版夕刊　２０１２年8月31日

王道を守る勇気　『００７スカイフォール』　産経新聞大阪版夕刊　２０１２年12月21日
映像化の顚末を楽しんで　『図書館戦争』『県庁おもてなし課』　産経新聞大阪版夕刊　２０１３年４月26日
甘く見たら斬り捨てられること請け合い　『ＨＫ変態仮面』　産経新聞大阪版夕刊　２０１３年10月７日
スラムの犬、億万長者　VOGUE NIPPON　２００９年６月号
高畑勲監督『赤毛のアン』公開に寄せて
三鷹の森ジブリ美術館ライブラリー「赤毛のアン　～グリーンゲーブルズへの道～」劇場公開記念小冊子　２０１０年７月
エロを感じる瞬間　野性時代　２００８年６月号

児玉清さんのこと　ＮＨＫ視点論点（２０１２年９月17日放送）のための原稿より
湊さんへの返信お手紙　GINGER　２０１０年11月号
スポーツ私だけの名場面　小説すばる　２００６年10月号
輝ける粉モノ　J-WAVE TIME TABLE　２００９年７月号
有川浩的植物図鑑　野性時代　２００７年１月号
冬の花火　家の光　２０１０年８月号
山梨、おもてなす人々　山梨日日新聞　２００９年８月21・28日、９月４・11日
遅れてくる音・潜めてくる音　富士総火演レポート　電撃hPa　２００５年10月
15つったら、Ｆでしょ　電撃の缶詰　２００８年８月号
ありふれた自然のいとおしさ　Ｋ＋　２００７年３月号

インパクト・オブ・高知　K＋　2007年4月号
観光地の偏差値　K＋　2007年6月号
何しよらぁ、おんしゃあ！　asta*2008年8月号
鳥的視点プライスレス　別冊文藝春秋　2005年11月号
たべもの絵日記　カドカワキャラクターズ　ノベルアクト1　2010年9月
ワラビ、イタドリ　野性時代　2007年3月号
愛すべきグロゆる「カツオ人間」　週刊文春　2011年11月3日号
雪に思うこと　単行本刊行時の書き下ろし
彼の本棚　ダ・ヴィンチ　2007年8月号
ゆず、香る　ほっと文庫　2011年8月

収録にあたり、一部加筆修正をしております。

カバーイラストは、土佐旅福（とさたびふく）の
「土佐酢みかん手拭い」の図案をお借りしました。

土佐旅福は、有川ひろさんの出身地・高知県で、
全国に誇りたい高知の一次産品を図柄にした
「土佐手拭い」などのグッズを展開しています。
土佐酢みかんの他にも、トマト、小夏、オクラなど
多数の柄があり、有川さんも愛用中です。

土佐旅福 HP
http://waravino.theshop.jp/

本書は、二〇一六年一月に小社より刊行された単行本を加筆修正の上、文庫化したものです。

倒《たお》れるときは前《まえ》のめり

有川《ありかわ》ひろ

令和元年 9月25日 初版発行

発行者●郡司 聡

発行●株式会社KADOKAWA
〒102-8177 東京都千代田区富士見2-13-3
電話 0570-002-301(ナビダイヤル)

角川文庫 21797

印刷所●旭印刷株式会社
製本所●株式会社ビルディング・ブックセンター

表紙画●和田三造

ISBN 978-4-04-108032-0 C0195

JASRAC 出 1909522-901

角川文庫発刊に際して

角川源義

第二次世界大戦の敗北は、軍事力の敗北であった以上に、私たちの若い文化力の敗退であった。私たちの文化が戦争に対して如何に無力であり、単なるあだ花に過ぎなかったかを、私たちは身を以て体験し痛感した。西洋近代文化の摂取にとって、明治以後八十年の歳月は決して短かすぎたとは言えない。にもかかわらず、近代文化の伝統を確立し、自由な批判と柔軟な良識に富む文化層として自らを形成することに私たちは失敗して来た。そしてこれは、各層への文化の普及滲透を任務とする出版人の責任でもあった。

一九四五年以来、私たちは再び振出しに戻り、第一歩から踏み出すことを余儀なくされた。これは大きな不幸ではあるが、反面、これまでの混沌・未熟・歪曲の中にあった我が国の文化に秩序と確たる基礎を齎らすためには絶好の機会でもある。角川書店は、このような祖国の文化的危機にあたり、微力をも顧みず再建の礎石たるべき抱負と決意とをもって出発したが、ここに創立以来の念願を果すべく角川文庫を発刊する。これまで刊行されたあらゆる全集叢書文庫類の長所と短所とを検討し、古今東西の不朽の典籍を、良心的編集のもとに、廉価に、そして書架にふさわしい美本として、多くのひとびとに提供しようとする。しかし私たちは徒らに百科全書的な知識のジレッタントを作ることを目的とせず、あくまで祖国の文化に秩序と再建への道を示し、この文庫を角川書店の栄ある事業として、今後永久に継続発展せしめ、学芸と教養との殿堂として大成せんことを期したい。多くの読書子の愛情ある忠言と支持とによって、この希望と抱負とを完遂せしめられんことを願う。

一九四九年五月三日